Friedrich Schiller

Wilhelm Tell

Kommentierte Ausgabe
mit Wort- und Sacherklärungen

Herstellung: Karl A. Fiedler

aionas

Unsere Ausgabe folgt der Werkausgabe Friedrich Schiller: Sämtliche Werke, auf Grund der Originaldrucke herausgegeben von Gerhard Fricke und Herbert G. Göpfert in Verbindung mit Herbert Stubenrauch, Bd. 1–5, 3. Auflage, München: Hanser, 1962. Das Werk wurde 1804 abgeschlossen und im gleichen Jahr erstmals bei Cotta in Tübingen veröffentlicht.

Der Text wurde den Regeln der neuen deutschen Rechtschreibung angepasst. Interpunktion, Lautstand und grammatikalische Eigenschaften wurden hierbei gewahrt.

erschienen im aionas Verlag, Marstallstr. 1, Weimar

1. Auflage, 2015

ISBN (Print): 978-1508466819

Inhalt

Vorwort

Wilhelm Tell ist Schillers Idealbild von einem freien Menschen. 1804 in Weimar erstmals aufgeführt, ist das Schauspiel seit dieser Zeit ein fester Bestandteil des Bühnenprogramms deutschsprachiger Schauspielhäuser. In seinem Drama, das letzte von ihm vollendete Bühnenwerk, verwebt der große Freiheitsdichter den Entstehungsmythos der Schweiz um den Rütlischwur, die Befreiungskämpfe der Eidgenossen aus der Gewaltherrschaft Österreichs im 12./13. Jahrhundert und die Sage um Wilhelm Tell, die im Mittelpunkt der Dichtung steht.

Tell ist ein freier Waldmensch, der – als sein Leben, seine Freiheit und seine Familie bedroht werden – zur Armbrust greift und den tyrannischen Vogt Gessler in einem Akt von Selbstverteidigung niederstreckt. Schiller als Anhänger Rousseaus hatte die Auffassung eines Naturrechts, sich gegen Unterjochung aufzulehnen, wenn die eigene, von der Natur gegebene Freiheit durch fremde Gewalt bedroht ist. Mit ihrer Auflehnung gegen die österreichische Gewaltherrschaft verteidigten die Schweizer ihre Menschenwürde, ihre natürliche Lebensweise und ihre Freiheit. Das machte sie zu einem Vorbild für aufgeklärte Bürger in ganz Europa.

Zur Schillerzeit war die Schweiz ein beliebtes Reiseziel von Künstlern, Schriftstellern, Gelehrten und Intellektuellen. Auch Goethe war mehrfach hier, der 1797 selbst die Bearbeitung des Tell-Stoffes in Erwägung zog und sich mit Schiller hierüber austauschte. Schiller war es selbst nie vergönnt, die Schweiz kennenzulernen. Mit großer Be- und Verwunderung hat man daher seine detailgetreue Wiedergabe der örtlichen Gegebenheiten der Gegend der Urschweiz rund um den Vierwaldstättersee aufgenommen. Mit großer Sorgfalt hat der Dichter verschiedene Quellen seiner Zeit studiert, die ihm als Grundlage für seine dramatische Dichtung dienten. Auch sprachlich dienten sie ihm als Fundgrube. Seine Figuren reden volkstümlich und ihre Sprache ist besetzt von mundartlichen Redewendungen, lokalen Bezügen, Weisheiten und Naturbeobachtungen.

Dies ist einer der gewichtigen Gründe für die große Verehrung dieser Schillerschen Dichtung in der Schweiz. Für den orts- und dialektunkundigen Leser stellen diese vielen lokalen und sprachlichen Bezüge jedoch eine Erschwernis bei der Lektüre dar. In der vorliegenden kommentierten Ausgabe sind wir daher den Quellen Schillers und anderen Quellen nachgegangen und geben knappe Erläuterungen zu Orten, Landschaften, Mundart, historischen Personen und Ereignissen und heute ungebräuchlichen Reden, die zum Verständnis der Lektüre beitragen sollen.

K. A. F.

Herausgeber

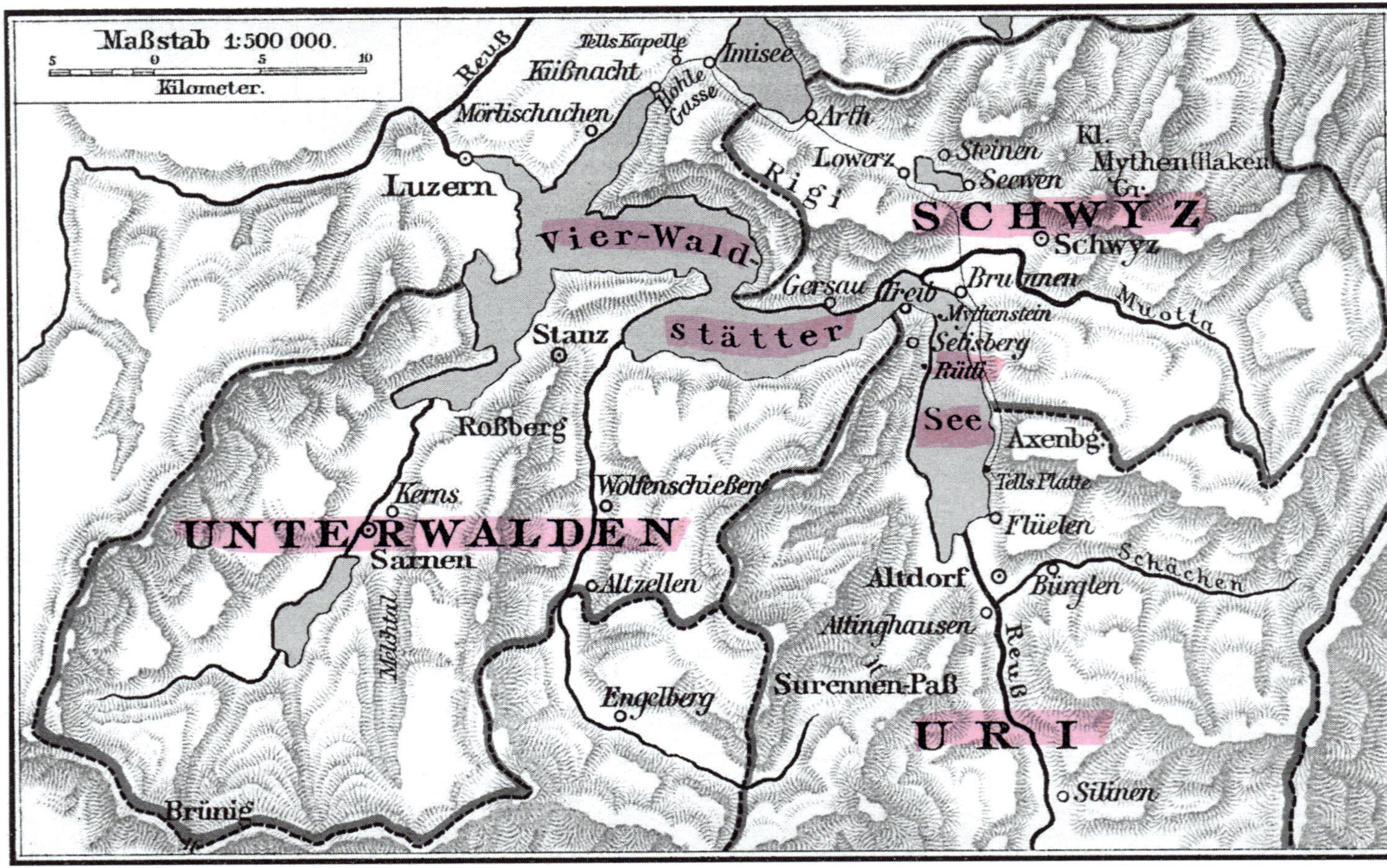
Maßstab 1:500 000.
5 0 5 10
Kilometer.
Reuß
Tells Kapelle
Küßnacht
Imisee
Hohle Gasse
Mörlischachen
Arth
Luzern
Lowerz
Steinen
Seewen
Kl.
Mythen(Haken)
Gr.
Rigi
SCHWYZ
Schwyz
Vier-Wald-
stätter
See
Gersau
Treib
Brunnen
Muotta
Mythenstein
Selisberg
Rütli
Stanz
Roßberg
Axenbg.
Tells Platte
Flüelen
Wolfenschießen
Kerns
UNTERWALDEN
Sarnen
Altzellen
Altdorf
Bürglen
Schächen
Attinghausen
Reuß
Melchtal
Surennen-Paß
Engelberg
URI
Silinen
Brünig

Friedrich Schiller

Wilhelm Tell

Schauspiel

Personen.[1]

Hermann Gessler[2], *Reichsvogt in Schwyz und Uri.*
Werner, Freiherr von Attinghausen[3], *Bannerherr*[4].
Ulrich von Rudenz[5], *sein Neffe.*

Werner Stauffacher[6],
Konrad Hunn[7],
Itel Reding,[8]
Hans auf der Mauer,
Jörg im Hofe,
Ulrich der Schmied,
Jost von Weiler, *Landleute aus Schwyz.*

---

1 Personen: Die meisten Personen des Stückes sind fingiert. Bei der Wahl der Namen greift Schiller sorgfältig auf seine Quellen zurück. Die Namen sind regional typisch gewählt. Die Namen der Schwyzer (wie Hans auf der Mauer) sind der Kaufurkunde von Konrad Hunn für das Gut Jessinen entlehnt und nur leicht verändert.

2 Hermann Gessler: der Gessler im Schillerschen Tell ist ein Mythos. Er wird in der Tell-Legende als Reichsvogt der Kanton Schwyz und Uri genannt. Das „Weisse Buch von Sarnen" benennt 1470 einen entsprechenden „Gesler". Historisch nachgewiesen existiert in der Mitte des 13. Jahrhunderts eine Familie Gesler (auch Gessler oder Gisler) im Aargau. Dieser Gesler war im Dienst der Habsburger. Der Aufstieg beider Familien ist eng miteinander verknüpft. Heinrich Gessler erlangte 1319 die Würde eines Ritters. Dessen Sohn Hermann, der Namensvetter für die Legende wird, besitzt 1375 das Amt als Kämmerer und Rat der Habsburger im Schloss Grüningen, nicht jedoch in Altdorf in Uri, wie in der Lengende.

3 Werner, Freiherr von Attinghausen: Werner II. von Attinghausen (geb. vor 1255, gest. zwischen 1322–1329) war Landamann in Uri. Er war ein heimatliebender und einflussreicher Adliger. Etwa 1294 übernahm er das Amt des Landamanns als Richter und Oberhaupt der Landgemeinde. 1291 war er Mitglied der Urner Delegation beim Schutzbündnisvertrag zwischen Uri, Schwyz und Unterwalden. Attinghausen hatte an den Freiheitskämpfen der Urschweiz maßgebenden Anteil. Er erreichte nach dem Morgartenkrieg 1315 die Erneuerung des Bundes und erzielte Uris Herrschaft über den Gotthardpass. Schiller macht ihn zum letzten seines Geschlechtes. Dies weicht von der Geschichte ab. 1377 wurde der letzte Attinghausen mit Schild und Helm begraben.

4 Bannerherr: Ein Bannerherr ist im Krieg der Träger der großen Landesfahne. Dieses Amt wurde nur den würdigsten Vertretern zu teil.

5 Ulrich von Rudenz: eine fingierte Person. In dem Schiller vorliegenden Bericht von der Befreiung der Urschweizer Kantone von Aegidius Tschudi werden die Edelknechte „von Rudentz" benannt. Auch der Historiker Johannes Müller (1752–1809) verweist in den „Geschichten schweizerischer Eidgenossenschaft" auf einen Edelknecht von Rudenz, der allerdings der Sohn von Werner Stauffachers Schwester war, also kein Verwandter von Attinghausen.

6 Werner Stauffacher: Stauffacher wird in der Geschichte Tschudis als Beteiligter des Schützbündnisvertrages der Schweizer genannt. Im 13. und 14. Jahrhundert sind verschiedene Landamänner der Schwyz aus dem Geschlecht der Stauffacher bekannt. Werner Stauffacher war in der Zeit der Schlacht am Morgarten 1315 als Landammann ein erfolgreicher Führer der Schwyzer. Die Gemeinde Steinen hütet heute in ihrem Archiv eine alte Gült (ein Grundpfand), den ein Werner Stauffacher am 29. Juni 1368 besiegelte. Dieser ist wahrscheinlich ein Nachkomme unseres Stauffachers.

7 Konrad Hunn: Hunn ist bereits 1251 verbürgt. 1275 steht er in den Diensten von König Rudolf II. von Österreich (1270–1290), der ihn hoch schätzte. 1282 erhielt er von den Schweizern für seine Verdienste das wertvolle Gut Jessinen für eine symbolischen Preis. Aus der Kaufurkunde hat Schiller zahlreiche Namen entlehnt.

8 Itel Reding: Das Geschlecht der Redings von Bibereck aus der Schwyz machte sich um das Vaterland hoch verdient. Durch den klugen Rat von Rudolf Reding konnte 1315 die Schlacht bei Morgarten gewonnen werden. Dessen Urenkel war Itel Reding, Landamann der Schwyz.

Walter Fürst[9],
Wilhelm Tell[10],
Rösselmann, *der Pfarrer,*
Petermann, *der Sigrist,*
Kuoni, *der Hirte,*
Werni, *der Jäger,*
Ruodi, *der Fischer, aus Uri.*

Arnold vom Melchthal[11],
Konrad Baumgarten[12],
Meier[13] **von Sarnen,**
Struth von Winkelried,
Klaus von der Flüe,
Burkhardt am Bühel,
Arnold von Sewa, *aus Unterwalden.*

Pfeiffer von Luzern.
Kunz von Gersau.
Jenni, *Fischerknabe.*
Seppi, *Hirtenknabe.*

Gertrud[14], *Stauffachers Gattin.*
Hedwig[15], *Tells Gattin, Fürsts Tochter.*
Berta von Bruneck, *eine reiche Erbin.*

---

9 Walter Fürst: Fürst war ein Bauernführer in Uri und gehörte nach dem Schweizer Nationalmythos zu den drei Eidgenossen, die 1291 einen Schutzbündnisvertrag schlossen. In Altdorf ist die Existenz eines Fürst zwischen 1303–1317 nachgewiesen als ein Mitstreiter des Landamanns Werner von Attinghausen.

10 Wilhelm Tell: Tell ist eine Sagenfigur. Erstmals Erwähnung findet er etwa 1470 im „Weissen Buch von Sarnen". In zeitgenössischen Schriftstücken findet er keine Erwähnung. Der Erzählung nach stammt er aus Bürglen in Uri in der Nähe von Altdorf und trug hier das Amt eines Meiers (Verwalters). Er war Schwiegersohn von Walter Fürst. Am 13. November 1307 erschoss er den Vogt Gesler mit seiner Armbrust. Im Krieg gegen Österreich 1315 (bei Morgarten) war er als siegreicher Kämpfer beteiligt. 1354 soll der Greis Tell im Schächenbach ertrunken sein, als er ein Kind retten wollte. Seine Söhne hießen Wilhelm und Walter (Wälty).

11 Arnold von Melchthal: Melchthal ist dem Gründungsmythos der Schweiz zufolge als Vertreter der Unterwaldener einer der drei Eidgenossen, die auf dem Rütli 1291 einen Schutzbundeid schworen. Im „Weissen Buch von Sarnen" (1470) wird von Knechten des Unterwaldener Landvogts Beringer von Landenberg berichtet, die einem Bauern im Melchi die Ochsen wegnehmen wollten. Der Sohn dieses Bauern hat sich darüber aufgelehnt und einem der Knechte einen Finger entzwei geschlagen. Der Landvogt ließ deshalb den Vater des Jungen blenden und enteignen. Mit „Melchi" wird eine Wiese an den Ufern der Melchaa, ein Zufluss zum Sarnersee, bezeichnet.

12 Konrad Baugarten: Dieser ist ebenfalls eine Person aus dem Befreiungsmythos der Schweiz. Er war ein angesehener und freier Bauer in Unterwalden. Baumgarten erschlug den habsburgischen Landvogt Wolfenschiessen aus Notwehr mit einer Axt, als dieser sich an Baumgartens Frau Itta vergehen wollte. Baumgarten floh nach Uri. Der Tod Wolfenschiessens wurde aber nicht gerecht.

13 Meier: bezeichnet ein Verwaltungsamt

14 Gertrud: Der Überlieferung zufolge hieß Stauffachers Frau Margaretha Herlobig.

15 Hedwig: Tells Frau ist die Tochter von Walter Fürst.

Armgard,
Mechthild,
Elsbet,
Hildegard, *Bäuerinnen.*

Walter,
Wilhelm, *Tells Knaben.*

Friesshardt[16]**,**
Leuthold[17], *Söldner.*

Rudolf der Harras[18], *Geßlers Stallmeister.*

Johannes Parricida[19], *Herzog von Schwaben.*

Stüssi, *der Flurschütz.*

Der Stier von Uri[20]**.**
Ein Reichsbote.
Fronvogt[21]**.**
Meister Steinmetz, Gesellen und Handlanger.
Öffentliche Ausrufer.
Barmherzige Brüder[22]**.**
Gesslerische und Landenbergische Reiter.
Viele Landleute, Männer und Weiber aus den Waldstätten.

---

16 Friesshardt: Der Name ist aus Johannes Müllers Erzählung von der Schlacht bei Sempach 1386 entlehnt, wo ein Friesshardt im Kampf gegen die Eidgenossen fiel.

17 Leuthold: Der Name bezeichnet den Charakter der Person.

18 Rudolf der Harras: Der Name ist ebenfalls aus Johannes Müllers Geschichte entlehnt. „Rudolph der Harras, Herr von Schönau, Harnischmeister des Hersogs" fiel ebenfalls im Gefecht gegen die Eidgenossen.

19 Johannes Parricida: Johann von Schwaben (1290–1313), Parricida genannt, war Herzog von Österreich und Steyer. Er war der Sohn von Rudolf II. von Österreich. Seit 1306 verlangte er von seinem Onkel Albrecht I. immer wieder die Herausgabe seines väterlichen Erbes bzw. eine Entschädigung für den Verzicht auf die Mitherrschaft. Nach der Rheinfelder Hausordnung von 1283 konnte er für seinen Verzicht Entschädigung verlangen, die er aber nie erhalten hatte. Johann verschwor sich daher mit anderen und ermordete seinen Onkel am 1. Mai 1308 bei Windisch an der Reuss. Er und seine Mitverschwörer flohen. Sein Verbleib ist ungewiss. Vermutlich ging er als Mönch nach Pisa in Italien und verstarb dort etwa 1313. König Heinrich VII. von Luxemburg ächtete ihn und ließ seinen Besitz konfiszieren. Im Jahr seines Todes soll Parricida bei Heinrich VII. um Vergebung gefleht haben.

20 Der Stier von Uri: geht auf die Sage vom Uristier zurück. Der Sage zufolge wurde von den Urnern über viele Jahre hinweg ein besonderes Stierkalb herangezogen, das ein Ungeheuer (ein verwandeltes Schaf) auf der Surenenalp besiegen sollte.

21 Fronvogt: Ein Gerichtsbeamter und Aufseher von Fronarbeiten.

22 Barmherzige Brüder: Ein von Johann von Gott 1540 gestifteter Orden in Spanien. Die Mönche trugen schwarze Kleidung und hielten sich an die Verfassung eines Bettelordens.

Erster Aufzug

Erste Szene

Hohes Felsenufer des Vierwaldstättensees[23], Schwyz gegenüber. Der See macht eine Bucht ins Land, eine Hütte ist unweit dem Ufer, Fischerknabe fährt sich in einem Kahn. Über den See hinweg sieht man die grünen Matten[24], Dörfer und Höfe von Schwyz im hellen Sonnenschein liegen. Zur Linken des Zuschauers zeigen sich die Spitzen des Haken, mit Wolken umgeben; zur Rechten im fernen Hintergrund sieht man die Eisgebirge. Noch ehe der Vorhang aufgeht, hört man den Kuhreihen und das harmonische Geläut der Herdenglocken, welches sich auch bei eröffneter Szene noch eine Zeitlang fortsetzt.

FISCHERKNABE *singt im Kahn.* Denni

Melodie des Kuhreihens[25].

Es lächelt der See, er ladet zum Bade,
Der Knabe schlief ein am grünen Gestade,
Da hört er ein Klingen,

Wie Flöten so süß,
Wie Stimmen der Engel
Im Paradies.

Und wie er erwachet in seliger Lust,
Da spülen die Wasser ihm um die Brust,

Und es ruft aus den Tiefen:
Lieb Knabe, bist mein!
Ich locke den Schläfer,
Ich zieh ihn herein.

HIRTE *auf dem Berge.* Kuoni

Variation des Kuhreihens.

Ihr Matten lebt wohl!
Ihr sonnigen Weiden!
Der Senne[26] muß scheiden,
Der Sommer ist hin.

---

23 Vierwaldstättensee: Der Vierwaldstädtersee befindet sich in der Zentralschweiz und ist von hohen Bergen umgeben. Die Szene spielt auf der sogenannten „Treib", einer dem Dorf Brunnen gegenüberliegenden Landspitze.

24 Matten: (oberdeutsch) Wiesen

25 Kuhreihen: Ist ein berühmter Hirtengesang schweizer. Bergbewohner. Wahrscheinlich stammt der Begriff von dem schweiz. „reihen" (heimholen, holen) her, weil die Absicht des Gesanges ist, die Kühe herzurufen.

26 Senne: Hirt, der das Vieh im Sommer auf der Alp weidet und meistens selbst als Herr und Meister die Käse kocht

Wir fahren zu Berg[27], wir kommen wieder,
Wenn der Kuckuck ruft, wenn erwachen die Lieder,
Wenn mit Blumen die Erde sich kleidet neu,
Wenn die Brünnlein fließen im lieblichen Mai.

Ihr Matten lebt wohl,
Ihr sonnigen Weiden!
Der Senne muß scheiden
Der Sommer ist hin.

ALPENJÄGER *erscheint gegenüber auf der Höhe des Felsen.* Werni

Zweite Variation.

Es donnern die Höhen, es zittert der Steg,
Nicht grauet dem Schützen auf schwindlichtem[28] Weg,

Er schreitet verwegen
Auf Feldern von Eis,
Da pranget kein Frühling,
Da grünet kein Reis;

Und unter den Füßen ein neblichtes Meer,
Erkennt er die Städte der Menschen nicht mehr,

Durch den Riß nur der Wolken
Erblickt er die Welt,
Tief unter den Wassern
Das grünende Feld.

Die Landschaft verändert sich, man hört ein dumpfes Krachen von den Bergen, Schatten von Wolken laufen über die Gegend.

Ruodi der Fischer kommt aus der Hütte. Werni der Jäger steigt vom Felsen. Kuoni der Hirte kommt, mit dem Melknapf [29]auf der Schulter. Seppi, seine Handbube[30], folgt ihm.

RUODI. Mach hurtig, Jenni. Zieh die Naue[31] ein.
Der graue Talvogt kommt, dumpf brüllt der Firn[32],
Der Mythenstein zieht seine Haube an[33],

---

27 Wir fahren zu Berg: ist synonym zu „wir kommen wieder“

28 schwindlichtem: Schwindel erregendem

29 Melknapf: ein kleiner Eimer fürs Handmelken

30 Handbube: Gehilfe

31 Naue: ein kleines Last- und Frachtschiff

32 Firn: alter Schnee (oder Eis) auf den Gletschern, der in den vorherigen Jahren gefallen war

33 Der Mythenstein zieht seine Haube an: Geht auf einer Wetterweisheit aus Flilisur in der Schweiz zurück. Wenn die Kuppe des in der Nähe gelegenen Berges Stirwis eine Kappe auf hat, also von Wolken umgeben ist, ist es für die Bauern Zeit, die Sense wegzulegen und den Rechen zur Hand zu nehmen, um die Ernte vor dem einsetzenden Regen einzuholen.

Und kalt her bläst es aus dem Wetterloch[34],
Der Sturm, ich mein, wird da sein, eh wirs denken.

KUONI. 's kommt Regen, Fährmann. Meine Schafe fressen[35]
Mit Begierde Gras, und Wächter scharrt die Erde.

WERNI. Die Fische springen, und das Wasserhuhn[36]
Taucht unter. Ein Gewitter ist im Anzug.

KUONI *zum Buben.* Lug[37], Seppi, ob das Vieh sich nicht verlaufen.

SEPPI. Die braune Lisel kenn ich am Geläut[38].

KUONI. So fehlt uns keine mehr, die geht am weitsten[39].

RUODI. Ihr habt ein schön Geläute[40], Meister Hirt.

WERNI. Und schmuckes Vieh – Ists Euer eignes, Landsmann?

KUONI. Bin nit so reich[41] – 's ist meines gnädgen Herrn,
Des Attinghäusers, und mir zugezählt.

RUODI. Wie schön der Kuh das Band zu Halse steht.

KUONI. Das weiß sie auch, daß sie den Reihen führt,[42]
Und nähm ich ihrs, sie hörte auf zu fressen.

RUODI. Ihr seid nicht klug! Ein unvernünftges Vieh –

WERNI. Ist bald gesagt. Das Tier hat auch Vernunft,
Das wissen wir, die wir die Gemsen[43] jagen,
Die stellen klug, wo sie zur Weide gehn,
'ne Vorhut aus, die spitzt das Ohr und warnet
Mit heller Pfeife, wenn der Jäger naht.

RUODI *zum Hirten.* Treibt Ihr jetzt heim?

KUONI. Die Alp[44] ist abgeweidet.

WERNI. Glückselge Heimkehr, Senn!

---

34 bläst es aus dem Wetterloch: Bergspalten, aus denen in bestimmten Zeiten kalte Winde hervorblasen. Sie sind für die Bergbewohner eine Art natürliches Barometer. Kalt ausströmende Luft war ein Zeichen für schönes Heuwetter, laue und warme Luft ein Zeichen für regnerisches oder stürmisches Wetter.

35 Schafe fressen...: Das gierige Fressen der Schafe war für die Bauern ein Zeichen für den bevorstehenden Regen.

36 Die Fische springen, und das Wasserhuhn: Auch die springenden Fische sind ein Zeichen für den bevorstehenden Regen, ebenso, wenn sich Enten oder andere Wasservögel oft eintauchen.

37 Lug: Sehen, Schauen

38 Die braune Lisel kenn ich am Geläut: eine Kuh mit dem Namen braune Liesel

39 So fehlt uns keine mehr, die geht am weitsten: Der zuletzt gehenden Kuh hängt der Hirte eine Glocke um. Wenn er die Glocke hört, weiß er, dass alle eingetroffen sind.

40 schön Geläute: die einer Kuh angehängten Geläut aus zwei bis drei Glocken

41 Bin nit so reich: Er hat die Kühe von seinem Herrn (Attinghausen) gepachtet.

42 Das weiß sie auch ...: Die schönsten Kuh mit der großen Glocke lief allen anderen Kühen voraus.

43 Gemsen: Gemsen weiden gemeinsam im Rudel. Ein Vortier hält aber Wache und gibt einen pfeiffenden Laut von sich, wenn Gefahr aufkommt.

44 Alp: Almwiese

KUONI. Die wünsch ich Euch,
Von Eurer Fahrt kehrt sichs nicht immer wieder.

RUODI. Dort kommt ein Mann in voller Hast gelaufen.

WERNI. Ich kenn ihn, 's ist der Baumgart von Alzellen[45].

Konrad Baumgarten atemlos hereinstürzend.

BAUMGARTEN. Um Gottes willen, Fährmann, Euren Kahn!

RUODI. Nun, nun, was gibts so eilig?

BAUMGARTEN. Bindet los!
Ihr rettet mich vom Tode! Setzt mich über!

KUONI. Landsmann, was habt Ihr?

WERNI. Wer verfolgt Euch denn?

BAUMGARTEN *zum Fischer.*
Eilt, eilt, sie sind mir dicht schon an den Fersen!
Des Landvogts Reiter kommen hinter mir,
Ich bin ein Mann des Tods, wenn sie mich greifen.

RUODI. Warum verfolgen Euch die Reisigen[46]?

BAUMGARTEN. Erst rettet mich, und dann steh ich Euch Rede.

WERNI. Ihr seid mit Blut befleckt, was hats gegeben?

BAUMGARTEN. Des Kaisers Burgvogt, der auf Roßberg[47] saß –

KUONI. Der Wolfenschießen[48]? Läßt Euch der verfolgen?

BAUMGARTEN. Der schadet nicht mehr, ich hab ihn erschlagen.

ALLE *fahren zurück.* Gott sei Euch gnädig! Was habt Ihr getan?

BAUMGARTEN. Was jeder freie Mann an meinem Platz!
Mein gutes Hausrecht[49] hab ich ausgeübt
Am Schänder meiner Ehr und meines Weibes.

KUONI. Hat Euch der Burgvogt an der Ehr geschädigt?

BAUMGARTEN. Daß er sein bös Gelüsten nicht vollbracht,
Hat Gott und meine gute Axt verhütet.

WERNI. Ihr habt ihm mit der Axt den Kopf zerspalten?

KUONI. O, laß uns alles hören, Ihr habt Zeit,
Bis er den Kahn vom Ufer losgebunden.

BAUMGARTEN. Ich hatte Holz gefällt im Wald, da kommt
Mein Weib gelaufen in der Angst des Todes.

---

45 Alzellen: Altzellen ist eine Wohnsiedlung in Wolfenschiessen / Zentralschweiz

46 Reinsiger: berittener Söldner (im Mittelalter)

47 Roßberg: ehemalige Burg in der Schweiz, hHeute nur noch eine Altburgstelle der abgegangenen Burg, befindet sich auf einer Anhöhe in der Nähe des Vierwaldstättersees

48 Wolfenschießen: der habsburgische Landvogt Wolfenschiessen in Unterwalden

49 Mein gutes Hausrecht: Nach der peinlichen Gerichtsordnung konnte ein Ehemann, dessen Frau oder Tochter geschändet wurde, den Übeltäter töten oder einsperren.

»Der Burgvogt lieg in meinem Haus, er hab
Ihr anbefohlen, ihm ein Bad zu rüsten.
Drauf hab er Ungebührliches von ihr
Verlangt, sie sei entsprungen, mich zu suchen.«
Da lief ich frisch hinzu, so wie ich war,
Und mit der Axt hab ich ihm 's Bad gesegnet.

WERNI. Ihr tatet wohl, kein Mensch kann Euch drum schelten.

KUONI. Der Wüterich! Der hat nun seinen Lohn!
Hats lang verdient ums Volk von Unterwalden.

BAUMGARTEN. Die Tat ward ruchbar, mir wird nachgesetzt –
Indem wir sprechen – Gott – verrinnt die Zeit –

Es fängt an zu donnern.

KUONI. Frisch, Fährmann – schaff den Biedermann[50] hinüber.

RUODI. Geht nicht. Ein schweres Ungewitter ist
Im Anzug. Ihr müßt warten.

BAUMGARTEN. Heilger Gott!
Ich kann nicht warten. Jeder Aufschub tötet –

KUONI *zum Fischer.*
Greif an mit Gott, dem Nächsten muß man helfen,
Es kann uns allen Gleiches ja begegnen.

Brausen und Donnern.

RUODI. Der Föhn[51] ist los, Ihr seht, wie hoch der See geht,
Ich kann nicht steuern gegen Sturm und Wellen.

BAUMGARTEN *umfaßt seine Knie.*
So helf Euch Gott, wie Ihr Euch mein erbarmet –

WERNI. Es geht ums Leben, sei barmherzig, Fährmann.

KUONI. 's ist ein Hausvater, und hat Weib und Kinder!

Wiederholte Donnerschläge.

RUODI. Was? Ich hab auch ein Leben zu verlieren,
Hab Weib und Kind daheim, wie er – Seht hin,
Wies brandet, wie es wogt und Wirbel zieht,
Und alle Wasser aufrührt in der Tiefe.
– Ich wollte gern den Biedermann erretten,
Doch es ist rein unmöglich, Ihr seht selbst.

BAUMGARTEN *noch auf den Knien.*
So muß ich fallen in des Feindes Hand,
Das nahe Rettungsufer im Gesichte!
– Dort liegts! Ich kanns erreichen mit den Augen,

50 Biedermann: ein ehrenwerter, rechtschaffener Mann

51 Föhn: warmer und trockener Südwind, entsteht durch Überströmen der Luft über ein hohes Gebirge und tritt besonders in den Alpen auf

Hinüberdringen kann der Stimme Schall,
Da ist der Kahn, der mich hinübertrüge,
Und muß hier liegen, hülflos, und verzagen!

KUONI. Seht, wer da kommt!

WERNI. Es ist der Tell aus Bürglen.

Tell mit der Armbrust.

TELL. Wer ist der Mann, der hier um Hülfe fleht?

KUONI. 's ist ein Alzeller Mann, er hat sein Ehr
Verteidigt, und den Wolfenschieß erschlagen,
Des Königs Burgvogt, der auf Roßberg saß –
Des Landvogts Reiter sind ihm auf den Fersen,
Er fleht den Schiffer um die Überfahrt,
Der fürcht't sich vor dem Sturm und will nicht fahren.

RUODI. Da ist der Tell, er führt das Ruder auch,
Der soll mirs zeugen, ob die Fahrt zu wagen.

TELL. Wos Not tut, Fährmann, läßt sich alles wagen.

Heftige Donnerschläge, der See rauscht auf.

RUODI. Ich soll mich in den Höllenrachen stürzen?
Das täte keiner, der bei Sinnen ist.

TELL. Der brave Mann denkt an sich selbst zuletzt,
Vertrau auf Gott und rette den Bedrängten.

RUODI. Vom sichern Port läßt sichs gemächlich raten,
Da ist der Kahn und dort der See! Versuchts!

TELL. Der See kann sich, der Landvogt nicht erbarmen,
Versuch es, Fährmann!

HIRTEN UND JÄGER. Rett ihn! Rett ihn! Rett ihn!

RUODI. Und wärs mein Bruder und mein leiblich Kind,
Es kann nicht sein, 's ist heut Simons und Judä[52],
Da rast der See und will sein Opfer haben.

TELL. Mit eitler Rede wird hier nichts geschafft,
Die Stunde dringt, dem Mann muß Hülfe werden.
Sprich, Fährmann, willst du fahren?

RUODI. Nein, nicht ich!

TELL. In Gottes Namen denn! Gib her den Kahn,
Ich wills mit meiner schwachen Kraft versuchen.

KUONI. Ha, wackrer Tell!

WERNI. Das gleicht dem Weidgesellen!

BAUMGARTEN. Mein Retter seid Ihr und mein Engel, Tell!

---

52 Simons und Judä: der 28. Oktober (1306), nach einem Heiligen benannt. Ein Aberglaube: Die Wassergeister fordern an diesem Tag ihr alljährliches Opfer.

TELL. Wohl aus des Vogts Gewalt errett ich Euch,
Aus Sturmes Nöten muß ein andrer helfen.
Doch besser ists, Ihr fallt in Gottes Hand,
Als in der Menschen!

Zu dem Hirten.

Landsmann, tröstet Ihr
Mein Weib, wenn mir was Menschliches begegnet,
Ich hab getan, was ich nicht lassen konnte.

Er springt in den Kahn.

KUONI *zum Fischer.*
Ihr seid ein Meister Steuermann. Was sich
Der Tell getraut, das konntet Ihr nicht wagen?

RUODI. Wohl beßre Männer tuns dem Tell nicht nach,
Es gibt nicht zwei, wie der ist, im Gebirge.

WERNI *ist auf den Fels gestiegen.*
Er stößt schon ab. Gott helf dir, braver Schwimmer!
Sieh, wie das Schifflein auf den Wellen schwankt!

KUONI *am Ufer.*
Die Flut geht drüber weg – Ich sehs nicht mehr.
Doch halt, da ist es wieder! Kräftiglich
Arbeitet sich der Wackre durch die Brandung.

SEPPI. Des Landvogts Reiter kommen angesprengt.

KUONI. Weiß Gott, sie sinds! Das war Hülf in der Not.

Ein Trupp Landenbergischer Reiter.

ERSTER REITER. Den Mörder gebt heraus, den ihr verborgen.

ZWEITER. Des Wegs kam er, umsonst verhehlt ihr ihn.

KUONI UND RUODI. Wen meint ihr, Reiter?

ERSTER REITER *entdeckt den Nachen.* Ha, was seh ich! Teufel!

WERNI *oben.*
Ists der im Nachen, den ihr sucht? – Reit zu,
Wenn ihr frisch beilegt[53], holt ihr ihn noch ein.

ZWEITER. Verwünscht! Er ist entwischt.

ERSTER *zum Hirten und Fischer.* Ihr habt ihm fortgeholfen,
Ihr sollt uns büßen – Fallt in ihre Herde!
Die Hütte reißet ein, brennt und schlagt nieder!

Eilen fort.

SEPPI *stürzt nach.* O meine Lämmer!

KUONI *folgt.* Weh mir! Meine Herde!

---

53 beigelegt: Begriff aus der Schifffahrt. Er besagt eigentlich, ein Boot gegen den Wind legen oder beidrehen, was hier nicht gemeint sein kann. Wahrscheinlich ist hier Fahrt aufnehmen gemeint.

WERNI. Die Wütriche!

RUODI *ringt die Hände.* Gerechtigkeit des Himmels,
Wann wird der Retter kommen diesem Lande?

Folgt ihnen.

Zweite Szene

Zu Steinen in Schwyz[54]*. Eine Linde vor des Stauffachers Hause an der Landstraße, nächst der Brücke.*

Werner Stauffacher, Pfeiffer von Luzern kommen im Gespräch.

PFEIFFER. Ja, ja, Herr Stauffacher, wie ich Euch sagte.
Schwört nicht zu Östreich, wenn Ihrs könnt vermeiden.
Haltet fest am Reich und wacker wie bisher,
Gott schirme Euch bei Eurer alten Freiheit!

Drückt ihm herzlich die Hand und will gehen.

STAUFFACHER. Bleibt doch, bis meine Wirtin[55] kommt – Ihr seid
Mein Gast zu Schwyz, ich in Luzern der Eure.

PFEIFFER. Viel Dank! Muß heute Gersau[56] noch erreichen.
– Was ihr auch Schweres mögt zu leiden haben
Von eurer Vögte Geiz und Übermut,
Tragts in Geduld! Es kann sich ändern, schnell,
Ein andrer Kaiser kann ans Reich gelangen.
Seid ihr erst Österreichs, seid ihrs auf immer.

Er geht ab. Stauffacher setzt sich kummervoll auf eine Bank unter der Linde. So findet ihn Gertrud, seine Frau, die sich neben ihn stellt und ihn eine Zeitlang schweigend betrachtet.

GERTRUD. So ernst, mein Freund? Ich kenne dich nicht mehr.
Schon viele Tage seh ichs schweigend an,
Wie finstrer Trübsinn deine Stirne furcht.
Auf deinem Herzen drückt ein still Gebresten[57],
Vertrau es mir, ich bin dein treues Weib,
Und meine Hälfte fodr ich deines Grams.

Stauffacher reicht ihr die Hand und schweigt.

Was kann dein Herz beklemmen, sag es mir.
Gesegnet ist dein Fleiß, dein Glücksstand blüht,
Voll sind die Scheunen, und der Rinder Scharen,
Der glatten Pferde wohlgenährte Zucht

---

54 Steinen in Schwyz: Der Ort Steinen liegt zwischen dem Rossberg und dem Lauerzersee.

55 Wirtin: die Gattin Stauffachers, Hauswirtin

56 Gersau: Gemeinde in der Schwyz am Vierwaldstättersee gelegen, am Fuß des Rigi

57 Gebresten: körperliches Gebrechen oder auch Kummer im schweiz. Dialekt (hier letzteres)

Ist von den Bergen glücklich heimgebracht
Zur Winterung in den bequemen Ställen.
– Da steht dein Haus, reich, wie ein Edelsitz[58],
Von schönem Stammholz ist es neu gezimmert
Und nach dem Richtmaß ordentlich gefügt,
Von vielen Fenstern glänzt es wohnlich, hell,
Mit bunten Wappenschildern ists bemalt,
Und weisen Sprüchen, die der Wandersmann
Verweilend liest und ihren Sinn bewundert.

STAUFFACHER. Wohl steht das Haus gezimmert und gefügt,
Doch ach – es wankt der Grund, auf den wir bauten.

GERTRUD. Mein Werner, sage, wie verstehst du das?

STAUFFACHER. Vor dieser Linde saß ich jüngst wie heut,
Das schön Vollbrachte freudig überdenkend,
Da kam daher von Küßnacht[59], seiner Burg,
Der Vogt mit seinen Reisigen geritten.
Vor diesem Hause hielt er wundernd an,
Doch ich erhub[60] mich schnell, und unterwürfig,
Wie sichs gebührt, trat ich dem Herrn entgegen,
Der uns des Kaisers richterliche Macht
Vorstellt im Lande. Wessen ist dies Haus?
Fragt' er bösmeinend, denn er wußt es wohl.
Doch schnell besonnen ich entgegn ihm so:
Dies Haus, Herr Vogt, ist meines Herrn des Kaisers,
Und Eures und mein Lehen – da versetzt er:
»Ich bin Regent im Land an Kaisers Statt
Und will nicht, daß der Bauer Häuser baue
Auf seine eigne Hand, und also frei
Hinleb, als ob er Herr wär in dem Lande,
Ich werd mich unterstehn, Euch das zu wehren.«
Dies sagend ritt er trutziglich[61] von dannen,
Ich aber blieb mit kummervoller Seele,
Das Wort bedenkend, das der Böse sprach.

GERTRUD. Mein lieber Herr und Ehewirt[62]! Magst du
Ein redlich Wort von deinem Weib vernehmen?
Des edeln Ibergs[63] Tochter rühm ich mich,
Des vielerfahrnen Manns. Wir Schwestern saßen,

58 Da steht dein Haus ...: Schiller schildert in den folgenden Versen das Haus des Stauffachers wie in seiner Quelle (Tschudi). Hier wird von Gessler berichtet, der das Haus im Vorbeiritt wahrnahm. Nicht aus Stein, sondern aus wohlgezimmerten Holz nach eines reichen Landsmanns Art.

59 Küßnacht: In der Nähe des Dorfes Küßnacht lag die Burg Gesslers, die heute nur noch eine Ruine ist.

60 erhub: erhob

61 trutziglich: trotzig

62 Ehewirt: Gatte, Ehemann

63 Iberg: Wahrscheinlich ist hier Konrad ab Iber gemeint, der 1311 Landmann in der Schwyz war.

Die Wolle spinnend, in den langen Nächten,
Wenn bei dem Vater sich des Volkes Häupter
Versammelten, die Pergamente[64] lasen
Der alten Kaiser, und des Landes Wohl
Bedachten in vernünftigem Gespräch.
Aufmerkend hört ich da manch kluges Wort,
Was der Verständge denkt, der Gute wünscht,
Und still im Herzen hab ich mirs bewahrt.
So höre denn und acht auf meine Rede,
Denn was dich preßte, sieh, das wußt ich längst.
– Dir grollt der Landvogt, möchte gern dir schaden,
Denn du bist ihm ein Hindernis, daß sich
Der Schwyzer nicht dem neuen Fürstenhaus
Will unterwerfen, sondern treu und fest
Beim Reich beharren, wie die würdigen
Altvordern[65] es gehalten und getan. –
Ists nicht so, Werner? Sag es, wenn ich lüge!

STAUFFACHER. So ists, das ist des Geßlers Groll auf mich.

GERTRUD. Er ist dir neidisch, weil du glücklich wohnst,
Ein freier Mann auf deinem eignen Erb,
– Denn er hat keins. Vom Kaiser selbst und Reich
Trägst du dies Haus zu Lehn, du darfst es zeigen,
So gut der Reichsfürst seine Länder zeigt,
Denn über dir erkennst du keinen Herrn
Als nur den Höchsten in der Christenheit –
Er ist ein jüngrer Sohn nur seines Hauses[66],
Nichts nennt er sein als seinen Rittermantel,
Drum sieht er jedes Biedermannes Glück
Mit scheelen Augen giftger Mißgunst an,
Dir hat er längst den Untergang geschworen –
Noch stehst du unversehrt – Willst du erwarten,
Bis er die böse Lust an dir gebüßt?
Der kluge Mann baut vor.

STAUFFACHER. Was ist zu tun!

GERTRUD *tritt näher.*
So höre meinen Rat! Du weißt, wie hier
Zu Schwyz sich alle Redlichen beklagen
Ob dieses Landvogts Geiz und Wüterei.
So zweifle nicht, daß sie dort drüben auch
In Unterwalden und im Urner Land
Des Dranges müd sind und des harten Jochs –

64 Pergamente: gemeint sind die Freiheitsbriefe der Schweizer

65 Altvordern: Vorfahren

66 Er ist ein jüngrer Sohn...(V. 266 ff.): Die Verse gehen auf den Umstand ein, dass Gessler keinen eigenen Besitz hatte (wie eigene Schlösser).

Denn wie der Geßler hier, so schafft es frech
Der Landenberger[67] drüben überm See –
Es kommt kein Fischerkahn zu uns herüber,
Der nicht ein neues Unheil und Gewalt
Beginnen von den Vögten uns verkündet.
Drum tät es gut, daß eurer etliche,
Die‘s redlich meinen, still zu Rate gingen,
Wie man des Drucks sich möcht erledigen,
So acht ich wohl, Gott würd euch nicht verlassen
Und der gerechten Sache gnädig sein –
Hast du in Uri keinen Gastfreund, sprich,
Dem du dein Herz magst redlich offenbaren?

STAUFFACHER. Der wackern Männer kenn ich viele dort
Und angesehen große Herrenleute[68],
Die mir geheim sind und gar wohl vertraut.

Er steht auf.

Frau, welchen Sturm gefährlicher Gedanken
Weckst du mir in der stillen Brust! Mein Innerstes
Kehrst du ans Licht des Tages mir entgegen,
Und was ich mir zu denken still verbot,
Du sprichsts mit leichter Zunge kecklich[69] aus.
– Hast du auch wohl bedacht, was du mir rätst?
Die wilde Zwietracht und den Klang der Waffen
Rufst du in dieses friedgewohnte Tal –
Wir wagten es, ein schwaches Volk der Hirten,
In Kampf zu gehen mit dem Herrn der Welt?
Der gute Schein nur ists, worauf sie warten,
Um loszulassen auf dies arme Land
Die wilden Horden ihrer Kriegesmacht,
Darin zu schalten mit des Siegers Rechten
Und unterm Schein gerechter Züchtigung
Die alten Freiheitsbriefe zu vertilgen.

GERTRUD. Ihr seid auch Männer, wisset eure Axt
Zu führen, und dem Mutigen hilft Gott!

STAUFFACHER. O Weib! Ein furchtbar wütend Schrecknis ist
Der Krieg, die Herde schlägt er und den Hirten[70].

GERTRUD. Ertragen muß man, was der Himmel sendet,
Unbilliges erträgt kein edles Herz.

---

67 Landenberger: Der Landvogt in Unterwalden bei Sarnen.

68 Herrenleute: die Reichen, Vornehmen, Begüterten

69 kecklich: mutig oder verwegen

70 Der Krieg, die Herde...: Im Neuen Testament, Matthäus 26, 31, heißt es: Da sprach Jesus zu ihnen: In dieser Nacht werdet ihr euch alle ärgern an mir. Denn es steht geschrieben: „Ich werde den Hirten schlagen, und die Schafe der Herde werden sich zerstreuen.“

STAUFFACHER. Dies Haus erfreut dich, das wir neu erbauten.
Der Krieg, der ungeheure, brennt es nieder.

GERTRUD. Wüßt ich mein Herz an zeitlich Gut gefesselt,
Den Brand wärf ich hinein mit eigner Hand.

STAUFFACHER.
Du glaubst an Menschlichkeit! Es schont der Krieg
Auch nicht das zarte Kindlein in der Wiege.

GERTRUD. Die Unschuld hat im Himmel einen Freund!
– Sieh vorwärts, Werner, und nicht hinter dich!

STAUFFACHER. Wir Männer können tapfer fechtend sterben,
Welch Schicksal aber wird das eure sein?

GERTRUD. Die letzte Wahl steht auch dem Schwächsten offen,
Ein Sprung von dieser Brücke macht mich frei.

STAUFFACHER *stürzt in ihre Arme.*
Wer solch ein Herz an seinen Busen drückt,
Der kann für Herd und Hof mit Freuden fechten,
Und keines Königs Heermacht fürchtet er –
Nach Uri fahr[71] ich stehnden Fußes gleich,
Dort lebt ein Gastfreund mir, Herr Walter Fürst,
Der über diese Zeiten denkt wie ich.
Auch find ich dort den edeln Bannerherrn
Von Attinghaus – obgleich von hohem Stamm
Liebt er das Volk und ehrt die alten Sitten.
Mit ihnen beiden pfleg ich Rats, wie man
Der Landesfeinde mutig sich erwehrt –
Leb wohl – und weil ich fern bin, führe du
Mit klugem Sinn das Regiment des Hauses –
Dem Pilger, der zum Gotteshause wallt,
Dem frommen Mönch, der für sein Kloster sammelt,
Gib reichlich und entlaß ihn wohl gepflegt.
Stauffachers Haus verbirgt sich nicht. Zu äußerst
Am offnen Herweg stehts, ein wirtlich Dach
Für alle Wandrer, die des Weges fahren.

Indem sie nach dem Hintergrunde abgehen, tritt Wilhelm Tell mit Baumgarten vorn auf die Szene.

TELL *zu Baumgarten.*
Ihr habt jetzt meiner weiter nicht vonnöten,
Zu jenem Hause gehet ein, dort wohnt
Der Stauffacher, ein Vater der Bedrängten.
– Doch sieh, da ist er selber – Folgt mir, kommt!

Gehen auf ihn zu, die Szene verwandelt sich.

---

71 fahr ich: reisen, ziehen - hier über den Vierwaldstättersee

Dritte Szene

Öffentlicher Platz bei Altorf[72].

Auf einer Anhöhe im Hintergrund sieht man eine Feste bauen, welche schon so weit gediehen, daß sich die Form des Ganzen darstellt. Die hintere Seite ist fertig, an der vordern wird eben gebaut, das Gerüste steht noch, an welchem die Werkleute auf und nieder steigen, auf dem höchsten Dach hängt der Schieferdecker. – Alles ist in Bewegung und Arbeit.

Fronvogt. Meister Steinmetz. Gesellen und Handlanger.

FRONVOGT *mit dem Stabe, treibt die Arbeiter.*
Nicht lang gefeiert, frisch! Die Mauersteine
Herbei, den Kalk, den Mörtel zugefahren!
Wenn der Herr Landvogt kommt, daß er das Werk
Gewachsen sieht – Das[73] schlendert wie die Schnecken.

Zu zwei Handlangern, welche tragen.

Heißt das geladen? Gleich das Doppelte!
Wie die Tagdiebe ihre Pflicht bestehlen!

ERSTER GESELL. Das ist doch hart, daß wir die Steine selbst
Zu unserm Twing[74] und Kerker sollen fahren!

FRONVOGT. Was murret ihr? Das ist ein schlechtes Volk,
Zu nichts anstellig[75] als das Vieh zu melken,
Und faul herumzuschlendern auf den Bergen.

ALTER MANN *ruht aus.*
Ich kann nicht mehr.

FRONVOGT *schüttelt ihn.* Frisch, Alter, an die Arbeit!

ERSTER GESELL. Habt ihr denn gar kein Eingeweid, daß Ihr
Den Greis, der kaum sich selber schleppen kann,
Zum harten Frondienst[76] treibt?

MEISTER STEINMETZ UND GESELLEN.
's ist himmelschreiend!

FRONVOGT. Sorgt ihr für euch, ich tu, was meines Amts.

---

72 Öffentlicher Platz bei Altorf: Die Zwingburg Gesslers, Zwing Uri, wird erstmals im *Weissen Buch von Sarnen* erwähnt. Sie befindet sich im Dorf Amsteg, umweit von Altdorf. Heute ist ein Turmsockel der einzig noch verbliebene Rest der Burganlage. Bei den Freiheitskämpfer der Schweizer wurde sie der Überlieferung nach zerstört.

73 Das schlendert...: „das" wird in der Volkssprache häufig für „es" verwendet

74 Twing: Die Zwingburg war im Mittelalter eine stark befestigte Burganlage. Sie war der herrschaftliche Mittelpunkt für das umliegende Land. Die Bewohner dieses Landes wurden zur Anerkennung dieser Herrschaft gezwungen.

75 Zu nichts anstellig: zu nichts zu gebrauchen

76 Frondienst: Dienstleistungen der Bauern für den Grundherren. Dies waren verschiedene Tätigkeiten für den Herrn an einer festgelegten Zahl von Tagen und weiterer besonderer Einsätze. Die Dienste konnten ohne Berücksichtigung der Lebenssituation der Bauern eingefordert werden, so auch bspw. zur Saat- oder zur Erntezeit.

ZWEITER GESELL.
Fronvogt, wie wird die Feste denn sich nennen,
Die wir da baun?

FRONVOGT. Zwing Uri soll sie heißen,
Denn unter dieses Joch wird man euch beugen.

GESELLEN. Zwing Uri!

FRONVOGT. Nun, was gibts dabei zu lachen?

ZWEITER GESELL. Mit diesem Häuslein wollt ihr Uri zwingen?

ERSTER GESELL. Laß sehn, wieviel man solcher Maulwurfshaufen
Muß übernander setzen, bis ein Berg
Draus wird, wie der geringste nur in Uri!

Fronvogt geht nach dem Hintergrund.

MEISTER STEINMETZ.
Den Hammer werf ich in den tiefsten See,
Der mir gedient bei diesem Fluchgebäude!

Tell und Stauffacher kommen.

STAUFFACHER. O hätt ich nie gelebt, um das zu schauen!

TELL. Hier ist nicht gut sein. Laßt uns weitergehn.

STAUFFACHER. Bin ich zu Uri, in der Freiheit Land?

MEISTER STEINMETZ. O Herr, wenn Ihr die Keller erst gesehn
Unter den Türmen! Ja, wer die bewohnt,
Der wird den Hahn nicht fürder krähen hören!

STAUFFACHER. O Gott!

STEINMETZ. Seht diese Flanken[77], diese Strebepfeiler[78],
Die stehn, wie für die Ewigkeit gebaut!

TELL. Was Hände bauten, können Hände stürzen.

Nach den Bergen zeigend.

Das Haus der Freiheit hat uns Gott gegründet.

Man hört eine Trommel, es kommen Leute, die einen Hut auf einer Stange tragen, ein Ausrufer folgt ihnen, Weiber und Kinder dringen tumultuarisch nach.

ERSTER GESELL. Was will die Trommel? Gebet acht!

MEISTER STEINMETZ. Was für
Ein Faßnachtsaufzug[79] und was soll der Hut?

AUSRUFER. In des Kaisers Namen! Höret!

---

77 Flanken: die beiden Seiten der Mauertürme

78 Strebepfeiler: schräg stehende Pfeiler, mit denen im Mittelalter die hohen Befestigungsmauern gestützt wurden

79 Faßnachtsaufzug: im Dialekt für Fastnachtsaufzug. In der Fastnacht verhalten sich die Menschen vernunftlos.

GESELLEN. Still doch! Höret!

AUSRUFER. Ihr sehet diesen Hut, Männer von Uri!
Aufrichten wird man ihn auf hoher Säule,
Mitten in Altorf, an dem höchsten Ort,
Und dieses ist des Landvogts Will und Meinung:
Dem Hut soll gleiche Ehre wie ihm selbst geschehn,
Man soll ihn mit gebognem Knie und mit
Entblößtem Haupt verehren – Daran will
Der König die Gehorsamen erkennen.
Verfallen ist mit seinem Leib und Gut
Dem Könige, wer das Gebot verachtet.

Das Volk lacht laut auf, die Trommel wird gerührt, sie gehen vorüber.

ERSTER GESELL. Welch neues Unerhörtes hat der Vogt
Sich ausgesonnen! Wir' nen Hut verehren!
Sagt! Hat man je vernommen von dergleichen?

MEISTER STEINMETZ.
Wir unsre Kniee beugen einem Hut!
Treibt er sein Spiel mit ernsthaft würdgen Leuten?

ERSTER GESELL. Wärs noch die kaiserliche Kron! So ists
Der Hut von Österreich[80]; ich sah ihn hangen
Über dem Thron, wo man die Lehen gibt!

MEISTER STEINMETZ.
Der Hut von Österreich! Gebt acht, es ist
Ein Fallstrick, uns an Östreich zu verraten!

GESELLEN. Kein Ehrenmann wird sich der Schmach bequemen.

MEISTER STEINMETZ. Kommt, laßt uns mit den andern Abred nehmen.

Sie gehen nach der Tiefe.

TELL *zum Stauffacher.* Ihr wisset nun Bescheid. Lebt wohl, Herr Werner!

STAUFFACHER. Wo wollt Ihr hin? O eilt nicht so von dannen.

TELL. Mein Haus entbehrt des Vaters. Lebet wohl.

STAUFFACHER. Mir ist das Herz so voll, mit Euch zu reden.

TELL. Das schwere Herz wird nicht durch Worte leicht.

STAUFFACHER. Doch könnten Worte uns zu Taten führen.

TELL. Die einzge Tat ist jetzt Geduld und Schweigen.

STAUFFACHER. Soll man ertragen, was unleidlich ist?

---

80 Hut von Österreich: Der Hut des Erzherzogs von Österreich. Ein Hut sollte die Ehre des Herzogs vorstellen. Er ist in eine mit zwölf goldenen Perlen gezierte Krone gesetzt, die oben die Weltkugel trägt. Die Bauern und Handwerker wurden so gezwungen, die Hauptzier des Herzogs zu ehren.

TELL. Die schnellen Herrscher sinds, die kurz regieren.
– Wenn sich der Föhn erhebt aus seinen Schlünden[81],
Löscht man die Feuer aus, die Schiffe suchen
Eilends den Hafen, und der mächtge Geist
Geht ohne Schaden, spurlos, über die Erde.
Ein jeder lebe still bei sich daheim,
Dem Friedlichen gewährt man gern den Frieden.

STAUFFACHER. Meint Ihr?

TELL. Die Schlange sticht nicht ungereizt.
Sie werden endlich doch von selbst ermüden,
Wenn sie die Lande ruhig bleiben sehn.

STAUFFACHER. Wir könnten viel, wenn wir zusammenstünden.

TELL. Beim Schiffbruch hilft der einzelne sich leichter.

STAUFFACHER. So kalt verlaßt Ihr die gemeine Sache?

TELL. Ein jeder zählt nur sicher auf sich selbst.

STAUFFACHER. Verbunden werden auch die Schwachen mächtig.

TELL. Der Starke ist am mächtigsten allein.

STAUFFACHER.
So kann das Vaterland auf Euch nicht zählen,
Wenn es verzweiflungsvoll zur Notwehr greift?

TELL *gibt ihm die Hand.*
Der Tell holt ein verlornes Lamm vom Abgrund,
Und sollte seinen Freunden sich entziehen?
Doch was ihr tut, laßt mich aus eurem Rat,
Ich kann nicht lange prüfen oder wählen,
Bedürft ihr meiner zu bestimmter Tat,
Dann ruft den Tell, es soll an mir nicht fehlen.

Gehen ab zu verschiedenen Seiten. Ein plötzlicher Auflauf entsteht um das Gerüste.

MEISTER STEINMETZ *eilt hin.*
Was gibts?

ERSTER GESELL *kommt vor, rufend.*
Der Schieferdecker ist vom Dach gestürzt.

Berta mit Gefolge.

BERTA *stürzt herein.*
Ist er zerschmettert? Rennet, rettet, helft –
Wenn Hülfe möglich, rettet, hier ist Gold –

Wirft ihr Geschmeide[82] unter das Volk.

---

81 Wenn sich der Föhn erhebt aus seinen Schlünden (V. 422ff.): Der Föhn in der Gegend von Altdorf war so ungestüm, dass sich niemand auf den See wagte und sogar Herdfeuer gelöscht wurde aus Angst vor Feuersbrünsten, die durch Funkenflug entfacht werden konnten.

82 Geschmeide: kostbarer Schmuck

MEISTER. Mit eurem Golde – Alles ist euch feil
Um Gold, wenn ihr den Vater von den Kindern
Gerissen und den Mann von seinem Weibe,
Und Jammer habt gebracht über die Welt,
Denkt ihrs mit Golde zu vergüten – Geht!
Wir waren frohe Menschen, eh ihr kamt,
Mit euch ist die Verzweiflung eingezogen.

BERTA *zu dem Fronvogt, der zurückkommt.*
Lebt er?

Fronvogt gibt ein Zeichen des Gegenteils.

O unglückselges Schloß, mit Flüchen
Erbaut, und Flüche werden dich bewohnen!

Geht ab.

Vierte Szene

Walter Fürsts Wohnung.

Walter Fürst und Arnold vom Melchthal treten zugleich ein, von verschiedenen Seiten.

MELCHTHAL. Herr Walter Fürst –

WALTER FÜRST. Wenn man uns überraschte!
Bleibt, wo Ihr seid. Wir sind umringt von Spähern.

MELCHTHAL. Bringt Ihr mir nichts von Unterwalden? Nichts
Von meinem Vater? Nicht ertrag ichs länger,
Als ein Gefangner müßig hier zu liegen.
Was hab ich denn so Sträfliches getan,
Um mich gleich einem Mörder zu verbergen?
Dem frechen Buben[83], der die Ochsen mir,
Das trefflichste Gespann[84], vor meinen Augen
Weg wollte treiben auf des Vogts Geheiß,
Hab ich den Finger mit dem Stab gebrochen.

WALTER FÜRST. Ihr seid zu rasch. Der Bube war des Vogts,
Von Eurer Obrigkeit war er gesendet,
Ihr wart in Straf gefallen, mußtet Euch,
Wie schwer sie war, der Buße schweigend fügen.

MELCHTHAL. Ertragen sollt ich die leichtfertge Rede
Des Unverschämten: »Wenn der Bauer Brot
Wollt essen, mög er selbst am Pfluge ziehn!«
In die Seele schnitt mirs, als der Bub die Ochsen,
Die schönen Tiere, von dem Pfluge spannte,

83 Bube: wird auch als Bote oder als Knecht des Vogts bezeichnet
84 Das trefflichste Gespann: das beste Paar

Dumpf brüllten sie, als hätten sie Gefühl
Der Ungebühr, und stießen mit den Hörnern,
Da übernahm mich der gerechte Zorn,
Und meiner selbst nicht Herr, schlug ich den Boten.

WALTER FÜRST. O kaum bezwingen wir das eigne Herz,
Wie soll die rasche Jugend sich bezähmen!

MELCHTHAL. Mich jammert nur der Vater – Er bedarf
So sehr der Pflege, und sein Sohn ist fern.
Der Vogt ist ihm gehässig, weil er stets
Für Recht und Freiheit redlich hat gestritten.
Drum werden sie den alten Mann bedrängen,
Und niemand ist, der ihn vor Unglimpf[85] schütze.
– Werde mit mir was will, ich muß hinüber.

WALTER FÜRST. Erwartet nur und faßt euch in Geduld,
Bis Nachricht uns herüber kommt vom Walde[86].
– Ich höre klopfen, geht – Vielleicht ein Bote
Vom Landvogt – Geht hinein – Ihr seid in Uri
Nicht sicher vor des Landenbergers Arm,
Denn die Tyrannen reichen sich die Hände.

MELCHTHAL. Sie lehren uns, was wir tun sollten.

WALTER FÜRST. Geht!
Ich ruf Euch wieder, wenns hier sicher ist.

Melchthal geht hinein.

Der Unglückselige, ich darf ihm nicht
Gestehen, was mir Böses schwant – Wer klopft?
Sooft die Türe rauscht, erwart ich Unglück.
Verrat und Argwohn lauscht in allen Ecken,
Bis in das Innerste der Häuser dringen
Die Boten der Gewalt, bald tät es not,
Wir hätten Schloß und Riegel an den Türen[87].

Er öffnet und tritt erstaunt zurück, da Werner Stauffacher hereintritt.

Was seh ich? Ihr, Herr Werner! Nun, bei Gott!
Ein werter, teurer Gast – Kein beßrer Mann
Ist über diese Schwelle noch gegangen.
Seid hoch willkommen unter meinem Dach!
Was führt Euch her? Was sucht ihr hier in Uri?

STAUFFACHER *ihm die Hand reichend.*
Die alten Zeiten und die alte Schweiz.

---

85 Unglimpf: ungerechte, harte Behandlung, Unrecht

86 vom Walde: aus Unterwalden

87 Schloß und Riegel an den Türen: Die Häuser standen in der Regel tags und nachts offen, Sittsamkeit war sehr groß, man musste keine Diebe fürchten.

WALTER FÜRST. Die bringt Ihr mit Euch – Sieh, mir wird so wohl,
Warm geht das Herz mir auf bei Eurem Anblick.
– Setzt Euch, Herr Werner – Wie verließet Ihr
Frau Gertrud, Eure angenehme Wirtin,
Des weisen Ibergs hochverständge Tochter?
Von allen Wandrern aus dem deutschen Land,
Die über Meinrads Zell[88] nach Welschland[89] fahren,
Rühmt jeder Euer gastlich Haus – Doch sagt,
Kommt Ihr soeben frisch von Flüelen[90] her,
Und habt Euch nirgend sonst noch umgesehn,
Eh Ihr den Fuß gesetzt auf diese Schwelle?

STAUFFACHER *setzt sich.*
Wohl ein erstaunlich neues Werk hab ich
Bereiten sehen, das mich nicht erfreute.

WALTER FÜRST. O Freund, da habt Ihrs gleich mit einem Blicke!

STAUFFACHER. Ein solches ist in Uri nie gewesen –
Seit Menschendenken war kein Twinghof hier,
Und fest war keine Wohnung als das Grab.

WALTER FÜRST. Ein Grab der Freiheit ists. Ihr nennts mit Namen.

STAUFFACHER. Herr Walter Fürst, ich will Euch nicht verhalten,
Nicht eine müßge Neugier führt mich her,
Mich drücken schwere Sorgen – Drangsal hab ich
Zu Haus verlassen, Drangsal find ich hier.
Denn ganz unleidlich ists, was wir erdulden,
Und dieses Dranges ist kein Ziel zu sehn.
Frei war der Schweizer von uralters her,
Wir sinds gewohnt, daß man uns gut begegnet,
Ein solches war im Lande nie erlebt,
Solang ein Hirte trieb auf diesen Bergen.

WALTER FÜRST. Ja, es ist ohne Beispiel, wie sies treiben!
Auch unser edler Herr von Attinghausen,
Der noch die alten Zeiten hat gesehn,
Meint selber, es sei nicht mehr zu ertragen.

STAUFFACHER. Auch drüben unterm Wald[91] geht Schweres vor,
Und blutig wirds gebüßt – Der Wolfenschießen,
Des Kaisers Vogt, der auf dem Roßberg hauste,
Gelüsten trug er nach verbotner Frucht,
Baumgartens Weib, der haushält zu Alzellen,

---

88 Meinrads Zell: das Kloster Einsiedeln. Meinrad, der Sohn des Grafen von Hohenzollern war ein Mönch. 832 baute er sich im Wald von Einsiedeln eine Klause, in der er bis 862 lebte. Er wurde 862 ermordet. Unter Kaiser Otto wurde die wiederhergestellte Klause in das Kloster Einsiedeln umgewandelt.

89 Welschland: ins Ausland nach Italien. *Welsch* (vom veralteten *wal*) steht für *fremd* und *ausländisch*.

90 Flüelen: Flüelen am Vierwaldstättersee ist der Hafen von Altdorf.

91 unterm Wald: Unterwalden

Wollt er zu frecher Ungebühr mißbrauchen,
Und mit der Axt hat ihn der Mann erschlagen.

WALTER FÜRST. O die Gerichte Gottes sind gerecht!
– Baumgarten, sagt Ihr? Ein bescheidner Mann!
Er ist gerettet doch und wohl geborgen?

STAUFFACHER. Euer Eidam hat ihn übern See geflüchtet,
Bei mir zu Steinen halt ich ihn verborgen –
– Noch Greulichers hat mir derselbe Mann
Berichtet, was zu Sarnen ist geschehn.
Das Herz muß jedem Biedermanne bluten.

WALTER FÜRST *aufmerksam.*
Sagt an, was ists?

STAUFFACHER. Im Melchthal[92], da, wo man
Eintritt bei Kerns[93], wohnt ein gerechter Mann,
Sie nennen ihn den Heinrich von der Halden[94],
Und seine Stimm gilt was in der Gemeinde.

WALTER FÜRST. Wer kennt ihn nicht! Was ists mit ihm! Vollendet!

STAUFFACHER. Der Landenberger büßte seinen Sohn
Um kleinen Fehlers willen, ließ die Ochsen,
Das beste Paar, ihm aus dem Pfluge spannen,
Da schlug der Knab den Knecht und wurde flüchtig.

WALTER FÜRST *in höchster Spannung.*
Der Vater aber – sagt, wie stehts um den?

STAUFFACHER. Den Vater läßt der Landenberger fodern.
Zur Stelle schaffen soll er ihm den Sohn,
Und da der alte Mann mit Wahrheit schwört,
Er habe von dem Flüchtling keine Kunde,
Da läßt der Vogt die Folterknechte kommen –

WALTER FÜRST *springt auf und will ihn auf die andre Seite führen.*
O still, nichts mehr!

STAUFFACHER *mit steigendem Ton.*
»Ist mir der Sohn entgangen,
So hab ich dich!« – Läßt ihn zu Boden werfen,
Den spitzgen Stahl ihm in die Augen bohren –

WALTER FÜRST. Barmherzger Himmel!

MELCHTHAL *stürzt heraus.* In die Augen, sagt Ihr?

STAUFFACHER *erstaunt zu Walter Fürst.*
Wer ist der Jüngling?

---

92 Melchthal: Das Melchtal ist das Tal der *Großen Melchaa*, heute im schweiz. Kanton Oberwalden. Es verläuft in süd-nördlicher Richtung und wird im Norden durch die Ranftschlucht abgeschlossen, die auf der Höhe der Ortschaft Flüeli-Ranft zu finden ist.

93 Kerns: Ort im Melchtal in der Schweiz

94 Heinrich von der Halden: Die Rede ist vom Vater von Arnold von Melchthal.

MELCHTHAL *faßt ihn mit krampfhafter Heftigkeit.*
In die Augen? Redet!

WALTER FÜRST. O der Bejammernswürdige!

STAUFFACHER. Wer ists?

Da Walter Fürst ihm ein Zeichen gibt.

Der Sohn ists? Allgerechter Gott!

MELCHTHAL. Und ich
Muß ferne sein! – In seine beiden Augen?

WALTER FÜRST. Bezwinget Euch, ertragt es wie ein Mann!

MELCHTHAL. Um meiner Schuld, um meines Frevels willen!
– Blind also! Wirklich blind und ganz geblendet?

STAUFFACHER. Ich sagts. Der Quell des Sehns ist ausgeflossen,
Das Licht der Sonne schaut er niemals wieder.

WALTER FÜRST. Schont seines Schmerzens!

MELCHTHAL. Niemals! Niemals wieder!

Er drückt die Hand vor die Augen und schweigt einige Momente, dann wendet er sich von dem einen zu dem andern und spricht mit sanfter, von Tränen erstickter Stimme.

O, eine edle Himmelsgabe ist
Das Licht des Auges – Alle Wesen leben
Vom Lichte, jedes glückliche Geschöpf –
Die Pflanze selbst kehrt freudig sich zum Lichte.
Und er muß sitzen, fühlend, in der Nacht,
Im ewig Finstern – ihn erquickt nicht mehr
Der Matten[95] warmes Grün, der Blumen Schmelz[96],
Die roten Firnen[97] kann er nicht mehr schauen –
Sterben ist nichts – doch leben und nicht sehen,
Das ist ein Unglück – Warum seht ihr mich
So jammernd an? Ich hab zwei frische Augen,
Und kann dem blinden Vater keines geben,
Nicht einen Schimmer von dem Meer des Lichts,
Das glanzvoll, blendend, mir ins Auge dringt.

STAUFFACHER. Ach, ich muß Euren Jammer noch vergrößern,
Statt ihn zu heilen – Er bedarf noch mehr!
Denn alles hat der Landvogt ihm geraubt,
Nichts hat er ihm gelassen als den Stab,
Um nackt und blind von Tür zu Tür zu wandern.

MELCHTHAL. Nichts als den Stab dem augenlosen Greis!
Alles geraubt, und auch das Licht der Sonne,

95 Matten: Wiesen

96 der Blumen Schmelz: steht hier bildlich für die hellen und leuchtenden Farben der Blumen. Schmelz ist eine glänzende (farbige) Glasur auf Keramikprodukten.

97 roten Firnen: das flammrote Glühen der Alpen bei Sonnenuntergang

Des Ärmsten allgemeines Gut – Jetzt rede
Mir keiner mehr von Bleiben, von Verbergen!
Was für ein feiger Elender bin ich,
Daß ich auf meine Sicherheit gedacht,
Und nicht auf deine – dein geliebtes Haupt
Als Pfand gelassen in des Wütrichs Händen!
Feigherzge Vorsicht, fahre hin – Auf nichts
Als blutige Vergeltung will ich denken –
Hinüber will ich – Keiner soll mich halten –
Des Vaters Auge von dem Landvogt fodern –
Aus allen seinen Reisigen heraus
Will ich ihn finden – Nichts liegt mir am Leben,
Wenn ich den heißen, ungeheuren Schmerz
In seinem Lebensblute kühle.

Er will gehen.

WALTER FÜRST. Bleibt!
Was könnt Ihr gegen ihn? Er sitzt zu Sarnen
Auf seiner hohen Herrenburg und spottet
Ohnmächtgen Zorns in seiner sichern Feste.

MELCHTHAL. Und wohnt' er droben auf dem Eispalast
Des Schreckhorns[98] oder höher, wo die Jungfrau[99]
Seit Ewigkeit verschleiert sitzt – Ich mache
Mir Bahn zu ihm, mir zwanzig Jünglingen,
Gesinnt wie ich, zerbrech ich seine Feste.
Und wenn mir niemand folgt, und wenn ihr alle
Für eure Hütten bang und eure Herden,
Euch dem Tyrannenjoche beugt – die Hirten
Will ich zusammenrufen im Gebirg,
Dort unterm freien Himmelsdache, wo
Der Sinn noch frisch ist und das Herz gesund,
Das ungeheuer Gräßliche erzählen.

STAUFFACHER *zu Walter Fürst.*
Es ist auf seinem Gipfel – Wollen wir
Erwarten, bis das Äußerste –

MELCHTHAL. Welch Äußerstes
Ist noch zu fürchten, wenn der Stern des Auges
In seiner Höhle nicht mehr sicher ist?
– Sind wir denn wehrlos? Wozu lernten wir
Die Armbrust spannen und die schwere Wucht
Der Streitaxt schwingen? Jedem Wesen ward
Ein Notgewehr in der Verzweiflungsangst,
Es stellt sich der erschöpfte Hirsch und zeigt

98 Schreckhorn: Gipfel in den Berner Alpen, 4078 Meter hoch

99 Jungfrau: Gipfel in den Berner Alpen, 4158 Meter hoch, den man für unersteigbar hielt. 1812 gelang dies erstmals den Gebrüdern Meyer aus Aargau.

Der Meute[100] sein gefürchtetes Geweih,
Die Gemse reißt den Jäger in den Abgrund[101] –
Der Pflugstier selbst, der sanfte Hausgenoß
Des Menschen, der die ungeheure Kraft
Des Halses duldsam unters Joch gebogen,
Springt auf, gereizt, wetzt sein gewaltig Horn
Und schleudert seinen Feind den Wolken zu.

WALTER FÜRST. Wenn die drei Lande dächten wie wir drei,
So möchten wir vielleicht etwas vermögen.

STAUFFACHER. Wenn Uri ruft, wenn Unterwalden hilft,
Der Schwyzer wird die alten Bünde ehren.

MELCHTHAL. Groß ist in Unterwalden meine Freundschaft,
Und jeder wagt mit Freuden Leib und Blut,
Wenn er am andern einen Rücken hat[102]
Und Schirm – O fromme Väter dieses Landes!
Ich stehe nur ein Jüngling zwischen euch,
Den Vielerfahrnen – meine Stimme muß
Bescheiden schweigen in der Landsgemeinde.
Nicht weil ich jung bin und nicht viel erlebte,
Verachtet meinen Rat und meine Rede,
Nicht lüstern jugendliches Blut, mich treibt
Des höchsten Jammers schmerzliche Gewalt,
Was auch den Stein des Felsen muß erbarmen.
Ihr selbst seid Väter, Häupter eines Hauses,
Und wünscht euch einen tugendhaften Sohn,
Der eures Hauptes heilge Locken ehre,
Und euch den Stern des Auges fromm bewache.
O weil ihr selbst an eurem Leib und Gut
Noch nichts erlitten, eure Augen sich
Noch frisch und hell in ihren Kreisen regen,
So sei euch darum unsre Not nicht fremd.
Auch über euch hängt das Tyrannenschwert,
Ihr habt das Land von Östreich abgewendet,
Kein anderes war meines Vaters Unrecht,
Ihr seid in gleicher Mitschuld und Verdammnis.

STAUFFACHER *zu Walter Fürst.*
Beschließet Ihr! Ich bin bereit zu folgen.

100 Meute: die Jagdhunde

101 Die Gemse reißt den Jäger in den Abgrund: Wenn Gemsen bei der Jagd im Gebirge in die Enge getrieben werden, kann es vorkommen, dass die Gemse den Jäger angreift.

102 Wenn er am andern einen Rücken hat / Und Schirm: von Schiller gebrauchte Redensart für Rückhalt und Vertrauen

WALTER FÜRST. Wir wollen hören, was die edeln Herrn
Von Sillinen[103], von Attinghausen raten –
Ihr Name, denk ich, wird uns Freunde werben.

MELCHTHAL. Wo ist ein Name in dem Waldgebirg
Ehrwürdiger als Eurer und der Eure?
An solcher Namen echte Währung glaubt
Das Volk, sie haben guten Klang im Lande.
Ihr habt ein reiches Erb von Vätertugend
Und habt es selber reich vermehrt – Was brauchts
Des Edelmanns? Laßts uns allein vollenden.
Wären wir doch allein im Land! Ich meine,
Wir wollten uns schon selbst zu schirmen wissen.

STAUFFACHER. Die Edeln drängt nicht gleiche Not mit uns,
Der Strom, der in den Niederungen wütet,
Bis jetzt hat er die Höhn noch nicht erreicht –
Doch ihre Hülfe wird uns nicht entstehn[104],
Wenn sie das Land in Waffen erst erblicken.

WALTER FÜRST. Wäre ein Obmann[105] zwischen uns und Östreich,
So möchte Recht entscheiden und Gesetz,
Doch der uns unterdrückt, ist unser Kaiser
Und höchster Richter – so muß Gott uns helfen
Durch unsern Arm – Erforschet Ihr die Männer
Von Schwyz, ich will in Uri Freunde werben.
Wen aber senden wir nach Unterwalden –

MELCHTHAL. Mich sendet hin – wem läg es näher an –

WALTER FÜRST. Ich gebs nicht zu, Ihr seid mein Gast, ich muß
Für Eure Sicherheit gewähren!

MELCHTHAL. Laßt mich!
Die Schliche[106] kenn ich und die Felsensteige,
Auch Freunde find ich gnug, die mich dem Feind
Verhehlen und ein Obdach gern gewähren.

STAUFFACHER. Laßt ihn mit Gott hinübergehn. Dort drüben
Ist kein Verräter – so verabscheut ist
Die Tyrannei, daß sie kein Werkzeug findet.
Auch der Alzeller soll uns nid dem Wald[107]
Genossen werben und das Land erregen.

MELCHTHAL. Wie bringen wir uns sichre Kunde zu,
Daß wir den Argwohn der Tyrannen täuschen?

---

103 Sillinen: ein Edelsitz oberhalb von Altdorf, heute Ruine

104 entstehn: fehlen

105 Obmann: Schiedsrichter

106 Schliche: Schleichwege

107 nid dem Wald: gemeint ist ein Teilgebiet von Unterwalden. Unterwalden teilt sich in die Gebiete Oberwalden und Nidwalden (nid dem Wald). Nidwalden sind die tiefer gelegenden Gebiete.

STAUFFACHER. Wir könnten uns zu Brunnen[108] oder Treib[109]
Versammeln, wo die Kaufmannsschiffe landen.

WALTER FÜRST. So offen dürfen wir das Werk nicht treiben.
– Hört meine Meinung. Links am See, wenn man
Nach Brunnen fährt, dem Mythenstein[110] grad über,
Liegt eine Matte heimlich im Gehölz,
Das Rütli heißt sie bei dem Volk der Hirten,
Weil dort die Waldung ausgereutet[111] ward.
Dort ists, wo unsre Landmark[112] und die Eure

Zu Melchthal.

Zusammengrenzen, und in kurzer Fahrt

Zu Stauffacher.

Trägt Euch der leichte Kahn von Schwyz herüber.
Auf öden Pfaden können wir dahin
Bei Nachtzeit wandern und uns still beraten.
Dahin mag jeder zehn vertraute Männer
Mitbringen, die herzeinig sind mit uns,
So können wir gemeinsam das Gemeine
Besprechen und mit Gott es frisch beschließen.

STAUFFACHER. So seis. Jetzt reicht mir Eure biedre Rechte,
Reicht Ihr die Eure her, und so, wie wir
Drei Männer jetzo, unter uns, die Hände
Zusammenflechten, redlich, ohne Falsch,
So wollen wir drei Länder auch, zu Schutz
Und Trutz, zusammenstehn auf Tod und Leben.

WALTER FÜRST UND MELCHTHAL.
Auf Tod und Leben!

Sie halten die Hände noch einige Pausen lang zusammengeflochten und schweigen.

MELCHTHAL. Blinder, alter Vater!
Du kannst den Tag der Freiheit nicht mehr schauen,
Du sollst ihn hören – Wenn von Alp zu Alp[113]
Die Feuerzeichen flammend sich erheben,
Die festen Schlösser der Tyrannen fallen,
In deine Hütte soll der Schweizer wallen,

---

108 Brunnen: Ort in Schwyz

109 Treib: Ort auf der Grenze von Uri und Unterwalden, vor der Spitze des Selinsbergs gelegen

110 Mythenstein: ein ca. 30 Meter hoher, markanter Felsblock im Vierwaldstättersee, der am Eingang zum Urnersee aus dem Wasser ragt. Er liegt gegenüber von Brunnen zwischen der Treib und dem Rütli. Der Fels war ursprünglich etwa 40 Meter hoch. 1838 wurde er um rund ein Drittel gekürzt, weil herabfallende Steine vorbeifahrende Schiffe gefährdeten.

111 ausgereutet: gerodet

112 Landmark: Landesgrenze

113 Wenn von Alp zu Alp die Feuerzeichen...: verabredete Feuerzeichen, die in weiter Entfernung erkannt werden können

Zu deinem Ohr die Freudenkunde tragen,
Und hell in deiner Nacht soll es dir tagen.

Sie gehen auseinander.

Zweiter Aufzug

Erste Szene

Edelhof des Freiherrn von Attinghausen.

Ein gotischer Saal mit Wappenschildern und Helmen verziert. Der Freiherr ein Greis von fünfundachtzig Jahren, von hoher edler Statur, an einem Stabe, worauf ein Gemsenhorn, und in ein Pelzwams gekleidet. Kuoni und noch sechs Knechte stehen um ihn her mit Rechen und Sensen. – Ulrich von Rudenz tritt ein in Ritterkleidung.

RUDENZ. Hier bin ich, Oheim – Was ist Euer Wille?

ATTINGHAUSEN. Erlaubt, daß ich nach altem Hausgebrauch
Den Frühtrunk erst mit meinen Knechten teile.

Er trinkt aus einem Becher, der dann in der Reihe herumgeht.

Sonst war ich selber mit in Feld und Wald,
Mit meinem Auge ihren Fleiß regierend,
Wie sie mein Banner führte in der Schlacht,
Jetzt kann ich nichts mehr als den Schaffner[114] machen,
Und kommt die warme Sonne nicht zu mir,
Ich kann sie nicht mehr suchen auf den Bergen.
Und so in enger stets und engerm Kreis,
Beweg ich mich dem engesten und letzten,
Wo alles Leben stillsteht, langsam zu,
Mein Schatte bin ich nur, bald nur mein Name.

KUONI *zu Rudenz mit dem Becher.*
Ich brings Euch, Junker.

Da Rudenz zaudert, den Becher zu nehmen.

Trinket frisch! Es geht
Aus einem Becher und aus einem Herzen.

ATTINGHAUSEN. Geht, Kinder, und wenns Feierabend ist,
Dann reden wir auch von des Lands Geschäften.

Knechte gehen ab.

Attinghausen und Rudenz.

---

114 Schaffner: Verwalter, Haushofmeister, der die häuslichen Geschäfte besorgt

ATTINGHAUSEN. Ich sehe dich gegürtet und gerüstet,
Du willst nach Altorf in die Herrenburg[115]?

RUDENZ. Ja, Oheim, und ich darf nicht länger säumen –

ATTINGHAUSEN *setzt sich.*
Hast dus so eilig? Wie? Ist deiner Jugend
Die Zeit so karg gemessen, daß du sie
An deinem alten Oheim mußt ersparen?

RUDENZ. Ich sehe, daß Ihr meiner nicht bedürft,
Ich bin ein Fremdling nur in diesem Hause.

ATTINGHAUSEN *hat ihn lange mit den Augen gemustert.*
Ja leider bist dus. Leider ist die Heimat
Zur Fremde dir geworden! – Uly[116]! Uly!
Ich kenne dich nicht mehr. In Seide prangst du,
Die Pfauenfeder trägst du stolz zur Schau[117],
Und schlägst den Purpurmantel[118] um die Schultern,
Den Landmann blickst du mit Verachtung an,
Und schämst dich seiner traulichen Begrüßung.

RUDENZ. Die Ehr, die ihm gebührt, geb ich ihm gern,
Das Recht, das er sich nimmt, verweigr ich ihm.

ATTINGHAUSEN. Das ganze Land liegt unterm schweren Zorn
Des Königs – Jedes Biedermannes Herz
Ist kummervoll ob der tyrannischen Gewalt,
Die wir erdulden – Dich allein rührt nicht
Der allgemeine Schmerz – Dich siehet man
Abtrünnig von den Deinen auf der Seite
Des Landesfeindes stehen, unsrer Not
Hohnsprechend nach der leichten Freude jagen,
Und buhlen um die Fürstengunst, indes
Dein Vaterland von schwerer Geißel blutet.

RUDENZ. Das Land ist schwer bedrängt – Warum, mein Oheim[119]?
Wer ists, der es gestürzt in diese Not?
Es kostete ein einzig leichtes Wort,
Um augenblicks des Dranges los zu sein,
Und einen gnädgen Kaiser zu gewinnen.
Weh ihnen, die dem Volk die Augen halten,
Daß es dem wahren Besten widerstrebt.
Um eignen Vorteils willen hindern sie,
Daß die Waldstätte nicht zu Östreich schwören,

115 Herrenburg: der Turm, in dem sich Gessler festgesetzt hatte

116 Uly: Ulrich (schweiz.)

117 Die Pfauenfeder trägst du stolz zur Schau: Herzoge (Österreichs) trugen Pfauenfedern zum Schmuck am Hut. In der Schweiz war alles Österreichische verhaßt.

118 Purpurmantel: rot (purpur) ist die Farbe der Erzherzoge Österreichs, auch das Wappen hat eine rote Fläche

119 Oheim: Onkel

Wie ringsum alle Lande doch getan.
Wohl tut es ihnen, auf der Herrenbank
Zu sitzen mit dem Edelmann – den Kaiser
Will man zum Herrn, um keinen Herrn zu haben.

ATTINGHAUSEN. Muß ich ~~das~~ hören und aus deinem Munde!

RUDENZ. Ihr habt mich aufgefodert, laßt mich enden.
– Welche Person ists, Oheim, die Ihr selbst
Hier spielt, Habt Ihr nicht höhern Stolz, als hier
Landammann[120] oder Bannerherr zu sein
Und neben diesen Hirten zu regieren?
Wie? Ists nicht eine rühmlichere Wahl,
Zu huldigen dem königlichen Herrn,
Sich an sein glänzend Lager[121] anzuschließen,
Als Eurer eignen Knechte Pair[122] zu sein,
Und zu Gericht zu sitzen mit dem Bauer?

ATTINGHAUSEN. Ach Uly! Uly! Ich erkenne sie,
Die Stimme der Verführung! Sie ergriff
Dein offnes Ohr, sie hat dein Herz vergiftet.

RUDENZ. Ja, ich verberg es nicht – in tiefer Seele
Schmerzt mich der Spott der Fremdlinge, die uns
Den Baurenadel schelten – Nicht ertrag ichs,
Indes die edle Jugend rings umher[123]
Sich Ehre sammelt unter Habsburgs Fahnen,
Auf meinem Erb hier müßig stillzuliegen,
Und bei gemeinem Tagewerk den Lenz
Des Lebens zu verlieren – Anderswo
Geschehen Taten, eine Welt des Ruhms
Bewegt sich glänzend jenseits dieser Berge –
Mir rosten in der Halle Helm und Schild,
Der Kriegstrommete mutiges Getön,
Der Heroldsruf[124], der zum Turniere[125] ladet,
Er dringt in diese Täler nicht herein,
Nichts als den Kuhreihn und der Herdeglocken
Einförmiges Geläut vernehm ich hier.

ATTINGHAUSEN. Verblendeter, vom eiteln Glanz verführt!
Verachte dein Geburtsland! Schäme dich
Der uralt frommen Sitte deiner Väter!
Mit heißen Tränen wirst du dich dereinst

---

120 Landamann: Vorsteher der Landgemeinde

121 glänzend Lager: Hof des österreichischen Kaisers

122 Pair: Mitglied des Hochadels

123 Indes die edle Jugend rings umher... (Vers 824f.): Andeutung auf die Feldzüge Albrechts gegen den Pfalzgrafen Rudolf (1301) und gegen den König von Böhmen (1304), denen Schweizer folgten

124 Herold: Boten des Fürsten

125 Turniere: Ritterturnier

Heimsehnen nach den väterlichen Bergen,
Und dieses Herdenreihens Melodie,
Die du in stolzem Überdruß verschmähst,
Mit Schmerzenssehnsucht wird sie dich ergreifen,
Wenn sie dir anklingt auf der fremden Erde.
O, mächtig ist der Trieb des Vaterlands!
Die fremde falsche Welt ist nicht für dich,
Dort an dem stolzen Kaiserhof bleibst du
Dir ewig fremd mit deinem treuen Herzen!
Die Welt, sie fodert andre Tugenden,
Als du in diesen Tälern dir erworben.
– Geh hin, verkaufe deine freie Seele,
Nimm Land zu Lehen, werd ein Fürstenknecht,
Da du ein Selbstherr sein kannst und ein Fürst
Auf deinem eignen Erb und freien Boden.
Ach Uly! Uly! Bleibe bei den Deinen!
Geh nicht nach Altorf – O, verlaß sie nicht,
Die heilge Sache deines Vaterlands!
– Ich bin der Letzte meines Stamms. Mein Name
Endet mit mir. Da hängen Helm und Schild,
Die werden sie mir in das Grab mitgeben.
Und muß ich denken bei dem letzten Hauch,
Daß du mein brechend Auge nur erwartest,
Um hinzugehn vor diesen neuen Lehenhof,
Und meine edeln Güter, die ich frei
Von Gott empfing, von Östreich zu empfangen!

RUDENZ. Vergebens widerstreben wir dem König,
Die Welt gehört ihm, wollen wir allein
Uns eigensinnig steifen und verstocken,
Die Länderkette ihm zu unterbrechen,
Die er gewaltig rings um uns gezogen?
Sein sind die Märkte, die Gerichte, sein
Die Kaufmannsstraßen, und das Saumroß[126] selbst,
Das auf dem Gotthard[127] ziehet, muß ihm zollen.
Von seinen Ländern wie mit einem Netz
Sind wir umgarnet rings und eingeschlossen.
– Wird uns das Reich beschützen? Kann es selbst
Sich schützen gegen Östreichs wachsende Gewalt?
Hilft Gott uns nicht, kein Kaiser kann uns helfen.
Was ist zu geben auf der Kaiser Wort,
Wenn sie in Geld- und Kriegesnot die Städte,
Die untern Schirm des Adlers sich geflüchtet,

126 Saumroß: Lastenpferd, Packpferd der Kaufleute
127 Gotthard: Gebirgsmassiv in den Schweizer Alpen

Verpfänden dürfen und dem Reich veräußern?[128]
– Nein, Oheim! Wohltat ists und weise Vorsicht,
In diesen schweren Zeiten der Parteiung
Sich anzuschließen an ein mächtig Haupt.
Die Kaiserkrone geht von Stamm zu Stamm,
Die hat für treue Dienste kein Gedächtnis,
Doch um den mächtgen Erbherrn wohl verdienen,
Heißt Saaten in die Zukunft streun.

ATTINGHAUSEN. Bist du so weise?
Willst heller sehn, als deine edeln Väter,
Die um der Freiheit kostbarn Edelstein
Mit Gut und Blut und Heldenkraft gestritten?
– Schiff nach Luzern hinunter[129], frage dort,
Wie Östreichs Herrschaft lastet auf den Ländern!
Sie werden kommen, unsre Schaf und Rinder
Zu zählen, unsre Alpen abzumessen,
Den Hochflug[130] und das Hochgewilde[131] bannen[132]
In unsern freien Wäldern, ihren Schlagbaum
An unsre Brücken, unsre Tore setzen,
Mit unsrer Armut ihre Länderkäufe[133],
Mit unserm Blute ihre Kriege zahlen –
– Nein, wenn wir unser Blut dransetzen sollen,
So seis für uns – wohlfeiler kaufen wir
Die Freiheit als die Knechtschaft ein!

RUDENZ. Was können wir,
Ein Volk der Hirten, gegen Albrechts Heere!

ATTINGHAUSEN. Lern dieses Volk der Hirten kennen, Knabe!
Ich kenns, ich hab es angeführt in Schlachten,
Ich hab es fechten sehen bei Favenz[134].
Sie sollen kommen, uns ein Joch aufzwingen,
Das wir entschlossen sind, nicht zu ertragen!
– O lerne fühlen, welches Stamms du bist!
Wirf nicht für eiteln Glanz und Flitterschein
Die echte Perle deines Wertes hin –
Das Haupt zu heißen eines freien Volks,

---

128 Verpfänden dürfen und dem Reich veräußern?: Es wurde Sitte, kaiserliche Rechte, Domänen, Ämter, Städte und Länder zu verpfänden. Aus dem Pfand ist später nicht selten Besitz geworden. Dies war eine latente Gefahr für die Reichsfreiheit der Schweizer.

129 Schiff nach Luzern hinunter: Die österreichische Herrschaft war für Luzern besonders bedrückend.

130 Hochflug: z.B. Auerhühner, Birkhühner, Fasane, Schwäne

131 Hochgewilde: Hirsche und Rehe, Wildschweine, Steinböcke und Gemsen

132 bannen: die Jagd unter Strafe stellen

133 Länderkäufe: Luzern und Freiburg gingen durch Kauf an Habsburg.

134 Fafenz: Faenza in Oberitalien. Friedrich II. belagerte und eroberte 1241 diese italienische Stadt, die fast ein Jahr lang entschiedenen Widerstand leistete. Dabei waren 600 Kämpfer aus der Waldstätte beteiligt, die sich vor ihrer Beteiligung aber ihre Freiheiten und Besoldung brieflich versichern ließ.

Das dir aus Liebe nur sich herzlich weiht,
Das treulich zu dir steht in Kampf und Tod –
Das sei dein Stolz, des Adels rühme dich –
Die angebornen Bande knüpfe fest,
Ans Vaterland, ans teure, schließ dich an,
Das halte fest mit deinem ganzen Herzen.
Hier sind die starken Wurzeln deiner Kraft,
Dort in der fremden Welt stehst du allein,
Ein schwankes Rohr, das jeder Sturm zerknickt.
O komm, du hast uns lang nicht mehr gesehn,
Versuchs mit uns nur einen Tag – nur heute
Geh nicht nach Altorf – Hörst du? Heute nicht,
Den einen Tag nur schenke dich den Deinen!

Er faßt seine Hand.

RUDENZ. Ich gab mein Wort – Laßt mich – Ich bin gebunden.

ATTINGHAUSEN *läßt seine Hand los, mit Ernst.*
Du bist gebunden – Ja, Unglücklicher!
Du bists, doch nicht durch Wort und Schwur,
Gebunden bist du durch der Liebe Seile!

Rudenz wendet sich weg.

– Verbirg dich, wie du willst. Das Fräulein ists,
Berta von Bruneck, die zur Herrenburg
Dich zieht, dich fesselt an des Kaisers Dienst.

Das Ritterfräulein willst du dir erwerben
Mit deinem Abfall von dem Land – Betrüg dich nicht!
Dich anzulocken zeigt man dir die Braut,
Doch deiner Unschuld ist sie nicht beschieden[135].

RUDENZ. Genug hab ich gehört. Gehabt Euch wohl.

Er geht ab.

ATTINGHAUSEN. Wahnsinnger Jüngling, bleib! – Er geht dahin!
Ich kann ihn nicht erhalten, nicht erretten –
So ist der Wolfenschießen abgefallen
Von seinem Land – so werden andre folgen,
Der fremde Zauber reißt die Jugend fort,
Gewaltsam strebend über unsre Berge.
– O unglückselge Stunde, da das Fremde
In diese still beglückten Täler kam,
Der Sitten fromme Unschuld zu zerstören!
Das Neue dringt herein mit Macht, das Alte,
Das Würdge scheidet, andre Zeiten kommen,

135 Doch deiner Unschuld ist sie nicht beschieden: Eine Andeutung darauf, dass Bertha einem anderen gehören soll. Dies bestätigt Bertha in III, 2: „O Freund, zum Opfer bin ich ausersehen, vielleicht um einen Günstling zu belohnen."

Es lebt ein andersdenkendes Geschlecht!
Was tu ich hier? Sie sind begraben alle,
Mit denen ich gewaltet und gelebt.
Unter der Erde schon liegt meine Zeit;
Wohl dem, der mit der neuen nicht mehr braucht zu leben!

Geht ab.

Zweite Szene

Eine Wiese von hohen Felsen und Wald umgeben[136].

Auf den Felsen sind Steige, mit Geländern, auch Leitern, von denen man nachher die Landleute herabsteigen sieht. Im Hintergrunde zeigt sich der See, über welchem anfangs ein Mondregenbogen zu sehen ist. Den Prospekt schließen hohe Berge, hinter welchen noch höhere Eisgebirge ragen. Es ist völlig Nacht auf der Szene, nur der See und die weißen Gletscher leuchten im Mondenlicht. Melchthal, Baumgarten, Winkelried, Meier von Sarnen, Burkhardt am Bühel, Arnold von Sewa, Klaus von der Flüe und noch vier andere Landleute, alle bewaffnet.

MELCHTHAL *noch hinter der Szene.*
Der Bergweg öffnet sich, nur frisch mir nach,
Den Fels erkenn ich und das Kreuzlein drauf,
Wir sind am Ziel, hier ist das Rütli.

Treten auf mit Windlichtern[137].

WINKELRIED. Horch!

SEWA. Ganz leer.

MEIER. 's ist noch kein Landmann da. Wir sind
Die ersten auf dem Platz, wir Unterwaldner.

MELCHTHAL. Wie weit ists in der Nacht?

BAUMGARTEN. Der Feuerwächter
Vom Selisberg[138] hat eben zwei gerufen.

Man hört in der Ferne läuten.

MEIER. Still! Horch!

AM BÜHEL. Das Mettenglöcklein[139] in der Waldkapelle
Klingt hell herüber aus dem Schwyzerland.

VON DER FLÜE. Die Luft ist rein und trägt den Schall so weit.

---

136 Eine Wiese von hohen Felsen und Wald umgeben: das Rütli, Bergwiese am Ufer des Vierwaldstättersees

137 Windlichter: Fackeln

138 Selisberg: Seelisberg ist ein Ort in Uri oberhalb vom Rütli, ca. 400 Meter oberhalb des Vierwaldstättersees.

139 Mettenglöcklein: das Glöcklein, das zur Frühmesse ruft

MELCHTHAL. Gehn einige und zünden Reisholz an,
Daß es loh[140] brenne, wenn die Männer kommen.

Zwei Landleute gehen.

SEWA. 's ist eine schöne Mondennacht. Der See
Liegt ruhig da als wie ein ebner Spiegel.

AM BÜHEL. Sie haben eine leichte Fahrt.

WINKELRIED *zeigt nach dem See.* Ha, seht!
Seht dorthin! Seht ihr nichts?

MEIER. Was denn? – Ja, wahrlich!
Ein Regenbogen mitten in der Nacht[141]!

MELCHTHAL. Es ist das Licht des Mondes, das ihn bildet.

VON DER FLÜE. Das ist ein seltsam wunderbares Zeichen!
Es leben viele, die das nicht gesehn.

SEWA. Er ist doppelt, seht, ein blässerer steht drüber.

BAUMGARTEN. Ein Nachen fährt soeben drunter weg.

MELCHTHAL. Das ist der Stauffacher mit seinem Kahn,
Der Biedermann läßt sich nicht lang erwarten.

Geht mit Baumgarten nach dem Ufer.

MEIER. Die Urner sind es, die am längsten säumen.

AM BÜHEL. Sie müssen weit umgehen durchs Gebirg,
Daß sie des Landvogts Kundschaft hintergehen.

Unterdessen haben die zwei Landleute in der Mitte des Platzes ein Feuer angezündet.

MELCHTHAL *am Ufer.* Wer ist da? Gebt das Wort[142]!

STAUFFACHER *von unten.* Freunde des Landes.

Alle gehen nach der Tiefe, den Kommenden entgegen. Aus dem Kahn steigen Stauffacher, Itel Reding, Hans auf der Mauer, Jörg im Hofe, Konrad Hunn, Ulrich der Schmied, Jost von Weiler und noch drei andre Landleute, gleichfalls bewaffnet.

ALLE *rufen.* Willkommen!

Indem die übrigen in der Tiefe verweilen und sich begrüßen, kommt Melchthal mit Stauffacher vorwärts.

MELCHTHAL. O Herr Stauffacher! Ich hab ihn
Gesehn, der mich nicht wiedersehen konnte!
Die Hand hab ich gelegt auf seine Augen,
Und glühend Rachgefühl hab ich gesogen
Aus der erloschnen Sonne seines Blicks.

140 loh: hell leuchtend

141 Ein Regenbogen mitten in der Nacht: Naturereignis, das am 31. Oktober 1705 von Einwohnern der Gegend beobachtet worden sein soll

142 Gebt das Wort: das Losungswort

STAUFFACHER. Sprecht nicht von Rache. Nicht Geschehnes rächen,
Gedrohtem Übel wollen wir begegnen.
– Jetzt sagt, was Ihr im Unterwaldner Land
Geschafft und für gemeine Sach geworben,
Wie die Landleute denken, wie Ihr selbst
Den Stricken des Verrats entgangen seid.

MELCHTHAL. Durch der Surennen[143] furchtbares Gebirg,
Auf weit verbreitet öden Eisesfeldern,
Wo nur der heisre Lämmergeier[144] krächzt,
Gelangt ich zu der Alpentrift, wo sich
Aus Uri und vom Engelberg[145] die Hirten
Anrufend grüßen und gemeinsam weiden,
Den Durst mir stillend mit der Gletscher Milch[146],
Die in den Runsen[147] schäumend niederquillt.
In den einsamen Sennhütten[148] kehrt ich ein,
Mein eigner Wirt und Gast, bis daß ich kam
Zu Wohnungen gesellig lebender Menschen.
– Erschollen war in diesen Tälern schon
Der Ruf des neuen Greuels, der geschehn,
Und fromme Ehrfurcht schaffte mir mein Unglück
Vor jeder Pforte, wo ich wandernd klopfte.
Entrüstet fand ich diese graden Seelen
Ob dem gewaltsam neuen Regiment,
Denn so wie ihre Alpen fort und fort
Dieselben Kräuter nähren, ihre Brunnen
Gleichförmig fließen, Wolken selbst und Winde
Den gleichen Strich unwandelbar befolgen,
So hat die alte Sitte hier vom Ahn[149]
Zum Enkel unverändert fortbestanden,
Nicht tragen sie verwegne Neuerung
Im altgewohnten gleichen Gang des Lebens.
– Die harten Hände reichten sie mir dar,
Von den Wänden langten sie die rostgen Schwerter,
Und aus den Augen blitzte freudiges
Gefühl des Muts, als ich die Namen nannte,
Die im Gebirg dem Landmann heilig sind,

Den Eurigen und Walters Fürsts – Was euch
Recht würde dünken, schwuren sie zu tun,
Euch schwuren sie bis in den Tod zu folgen.

143 Surennen: Surenen, Felsenkette zwischen Uri und Unterwalden
144 Lämmergeier: einer der größten Flugvögel der Welt mit einer Flügelspanne von bis zu 2,9 Meter
145 Engelberg: Ort und Kloster in Unterwalden
146 Gletscher Milch: milchweißes Gletscherwasser
147 Runsen: Runs (von rinnen), Lauf bzw. Bett eines Flusses bzw. Bergstromes
148 Sennhütten: Almhütten
149 So hat die alte Sitte hier vom Ahn: die fest im Schweizer-Volk verankterten Grundsätze

– So eilt ich sicher unterm heilgen Schirm
Des Gastrechts von Gehöfte zu Gehöfte –
Und als ich kam ins heimatliche Tal,
Wo mir die Vettern viel verbreitet wohnen –
Als ich den Vater fand, beraubt und blind,
Auf fremdem Stroh, von der Barmherzigkeit
Mildtätger Menschen lebend –

STAUFFACHER. Herr im Himmel!

MELCHTHAL. Da weint ich nicht! Nicht in ohnmächtgen Tränen
Goß ich die Kraft des heißen Schmerzens aus,
In tiefer Brust wie einen teuren Schatz
Verschloß ich ihn und dachte nur auf Taten.
Ich kroch durch alle Krümmen des Gebirgs,
Kein Tal war so versteckt, ich späht es aus,
Bis an der Gletscher eisbedeckten Fuß
Erwartet ich und fand bewohnte Hütten,
Und überall, wohin mein Fuß mich trug,
Fand ich den gleichen Haß der Tyrannei,
Denn bis an diese letzte Grenze selbst
Belebter Schöpfung, wo der starre Boden
Aufhört zu geben, raubt der Vögte Geiz –
Die Herzen alle dieses biedern Volks
Erregt ich mit dem Stachel meiner Worte,
Und unser sind sie all mit Herz und Mund.

STAUFFACHER. Großes habt Ihr in kurzer Frist geleistet.

MELCHTHAL. Ich tat noch mehr. Die beiden Festen sinds,
Roßberg und Sarnen, die der Landmann fürchtet,
Denn hinter ihren Felsenwällen schirmt
Der Feind sich leicht und schädiget das Land.
Mit eignen Augen wollt ich es erkunden,
Ich war zu Sarnen und besah die Burg.

STAUFFACHER. Ihr wagtet Euch bis in des Tigers Höhle?

MELCHTHAL. Ich war verkleidet dort in Pilgerstracht,
Ich sah den Landvogt an der Tafel schwelgen –
Urteilt, ob ich mein Herz bezwingen kann,
Ich sah den Feind, und ich erschlug ihn nicht.

STAUFFACHER. Fürwahr, das Glück war Eurer Kühnheit hold.

Unterdessen sind die andern Landleute vorwärtsgekommen und nähern sich den beiden.

Doch jetzo sagt mir, wer die Freunde sind,
Und die gerechten Männer, die Euch folgten?
Macht mich bekannt mit ihnen, daß wir uns
Zutraulich nahen und die Herzen öffnen.

MEIER. Wer kennte[150] Euch nicht, Herr, in den drei Landen?
Ich bin der Meir von Sarnen, dies hier ist
Mein Schwestersohn, der Struth von Winkelried.

STAUFFACHER. Ihr nennt mir keinen unbekannten Namen.
Ein Winkelried wars[151], der den Drachen schlug
Im Sumpf bei Weiler und sein Leben ließ
In diesem Strauß.

WINKELRIED. Das war mein Ahn, Herr Werner.

MELCHTHAL *zeigt auf zwei Landleute.*
Die wohnen hinterm Wald, sind Klosterleute
Vom Engelberg – Ihr werdet sie drum nicht
Verachten, weil sie eigne Leute[152] sind,
Und nicht wie wir frei sitzen auf dem Erbe –
Sie lieben 's Land, sind sonst auch wohl berufen.

STAUFFACHER *zu den beiden.*
Gebt mir die Hand. Es preise sich, wer keinem
Mit seinem Leibe pflichtig ist auf Erden,
Doch Redlichkeit gedeiht in jedem Stande.

KONRAD HUNN. Das ist Herr Reding, unser Altlandammann[153].

MEIER. Ich kenn ihn wohl. Er ist mein Widerpart,
Der um ein altes Erbstück mit mir rechtet.
– Herr Reding, wir sind Feinde vor Gericht,
Hier sind wir einig.

Schüttelt ihm die Hand.

STAUFFACHER. Das ist brav gesprochen.

WINKELRIED. Hört ihr? Sie kommen. Hört das Horn von Uri!

Rechts und links sieht man bewaffnete Männer mit Windlichtern die Felsen herabsteigen.

AUF DER MAUER. Seht! Steigt nicht selbst der fromme Diener Gottes,
Der würdge Pfarrer mit herab? Nicht scheut er
Des Weges Mühen und das Graun der Nacht,
Ein treuer Hirte für das Volk zu sorgen.

BAUMGARTEN. Der Sigrist[154] folgt ihm und Herr Walter Fürst,
Doch nicht den Tell erblick ich in der Menge.

---

150 kennte: würde kennen; Konjuntiv

151 Ein Winkelried wars... (Vers: 1073ff.): Heinrich von Winkelried (1275 urkundlich erwähnt, 1303 gestorben), Schrutan genannt. Der Sage nach besiegte er in Unterwalden beim Dorf Wyler einen gefährlichen Drachen. Er starb aber kurz nachdem ihm giftiges Drachenblut auf die bloße Haut tropfte.

152 eigne Leute: Dem Kloster gegenüber sind sie mit Leib und Gut oder mit Güterzinsen pflichtig.

153 Altlandammann: Landamann außer Dienst

154 Sigrist: Küster bzw. Kirchendiener

Walter Fürst, Rösselmann der Pfarrer, Petermann der Sigrist, Kuoni der Hirt, Werni der Jäger, Ruodi der Fischer und noch fünf andere Landleute, alle zusammen, dreiunddreißig an der Zahl, treten vorwärts und stellen sich um das Feuer.

WALTER FÜRST. So müssen wir auf unserm eignen Erb
Und väterlichen Boden uns verstohlen
Zusammenschleichen, wie die Mörder tun,
Und bei der Nacht, die ihren schwarzen Mantel
Nur dem Verbrechen und der sonnenscheuen
Verschwörung leihet, unser gutes Recht
Uns holen, das doch lauter ist und klar,
Gleichwie der glanzvoll offne Schoß des Tages.

MELCHTHAL. Laßts gut sein. Was die dunkle Nacht gesponnen,
Soll frei und fröhlich an das Licht der Sonnen.

RÖSSELMANN. Hört, was mir Gott ins Herz gibt, Eidgenossen!
Wir stehen hier statt einer Landsgemeinde
Und können gelten für ein ganzes Volk,
So laßt uns tagen[155] nach den alten Bräuchen
Des Lands, wie wirs in ruhigen Zeiten pflegen,
Was ungesetzlich ist in der Versammlung,
Entschuldige die Not der Zeit. Doch Gott
Ist überall, wo man das Recht verwaltet,
Und unter seinem Himmel stehen wir.

STAUFFACHER. Wohl, laßt uns tagen nach der alten Sitte,
Ist es gleich Nacht, so leuchtet unser Recht.

MELCHTHAL. Ist gleich die Zahl nicht voll, das Herz ist hier
Des ganzen Volks, die Besten sind zugegen.

KONRAD HUNN. Sind auch die alten Bücher[156] nicht zur Hand,
Sie sind in unsre Herzen eingeschrieben.

RÖSSELMANN. Wohlan, so sei der Ring sogleich gebildet.
Man pflanze auf die Schwerter der Gewalt.

AUF DER MAUER. Der Landesammann nehme seinen Platz,
Und seine Weibel[157] stehen ihm zur Seite!

SIGRIST. Es sind der Völker dreie. Welchem nun
Gebührts, das Haupt zu geben der Gemeinde?

MEIER. Um diese Ehr mag Schwyz mit Uri streiten,
Wir Unterwaldner stehen frei zurück.

MELCHTHAL. Wir stehn zurück, wir sind die Flehenden,
Die Hülfe heischen von den mächtgen Freunden.

---

155 tagen: beraten
156 alten Bücher: das Landbuch als Inbegriff der Polizei- und Zivilgesetze
157 Weibel: Amts- und Gerichtsdiener, nur unbescholtene Landleute wurden hierfür gewählt

STAUFFACHER. So nehme Uri denn das Schwert, sein Banner
Zieht bei den Römerzügen uns voran.

WALTER FÜRST. Des Schwertes Ehre werde Schwyz zuteil[158],
Denn seines Stammes rühmen wir uns alle.

RÖSSELMANN. Den edeln Wettstreit laßt mich freundlich schlichten,
Schwyz soll im Rat, Uri im Felde führen.

WALTER FÜRST *reicht dem Stauffacher die Schwerter.*
So nehmt!

STAUFFACHER. Nicht mir, dem Alter sei die Ehre.

IM HOFE. Die meisten Jahre zählt Ulrich der Schmied.

AUF DER MAUER. Der Mann ist wacker, doch nicht freien Stands,
Kein eigner Mann kann Richter sein in Schwyz.

STAUFFACHER. Steht nicht Herr Reding hier, der Altlandammann?
Was suchen wir noch einen Würdigern?

WALTER FÜRST. Er sei der Ammann und des Tages Haupt!
Wer dazu stimmt, erhebe seine Hände.

Alle heben die rechte Hand auf.

REDING *tritt in die Mitte.*
Ich kann die Hand nicht auf die Bücher legen,
So schwör ich droben bei den ewgen Sternen,
Daß ich mich nimmer will vom Recht entfernen.

Man richtet die zwei Schwerter vor ihm auf, der Ring bildet sich um ihn her, Schwyz hält die Mitte, rechts stellt sich Uri und links Unterwalden. Er steht auf sein Schlachtschwert gestützt.

Was ists, das die drei Völker des Gebirgs
Hier an des Sees unwirtlichem Gestade
Zusammenführte in der Geisterstunde?
Was soll der Inhalt sein des neuen Bunds,
Den wir hier unterm Sternenhimmel stiften?

STAUFFACHER *tritt in den Ring.*
Wir stiften keinen neuen Bund, es ist
Ein uralt Bündnis nur von Väter Zeit,
Das wir erneuern! Wisset, Eidgenossen!
Ob uns der See, ob uns die Berge scheiden,
Und jedes Volk sich für sich selbst regiert,
So sind wir eines Stammes doch und Bluts,
Und eine Heimat ists, aus der wir zogen.

---

158 Des Schwertes Ehre werde Schwyz zuteil: Redensart, die auf einen Brauch der Landsgemeinde verweist. Vor dem Ammann der Schwyz wurden zwei Schwerter zur Ehrerbietung aufgestellt.

WINKELRIED. So ist es wahr, wies in den Liedern[159] lautet,
Daß wir von fernher in das Land gewallt?
O, teilts uns mit, was Euch davon bekannt,
Daß sich der neue Bund am alten stärke.

STAUFFACHER. Hört, was die alten Hirten sich erzählen.
– Es war ein großes Volk, hinten im Lande
Nach Mitternacht, das litt von schwerer Teurung.
In dieser Not beschloß die Landsgemeinde,
Daß je der zehnte Bürger nach dem Los
Der Väter Land verlasse – das geschah!
Und zogen aus, wehklagend, Männer und Weiber,
Ein großer Heerzug, nach der Mittagsonne,
Mit dem Schwert sich schlagend durch das deutsche Land,
Bis an das Hochland dieser Waldgebirge.
Und eher nicht ermüdete der Zug,
Bis daß sie kamen in das wilde Tal,
Wo jetzt die Muotta[160] zwischen Wiesen rinnt –
Nicht Menschenspuren waren hier zu sehen,
Nur eine Hütte stand am Ufer einsam,
Da saß ein Mann und wartete der Fähre –
Doch heftig wogete der See und war
Nicht fahrbar; da besahen sie das Land
Sich näher und gewahrten schöne Fülle,
Des Holzes und entdeckten gute Brunnen,
Und meinten, sich im lieben Vaterland
Zu finden – Da beschlossen sie zu bleiben,
Erbaueten den alten Flecken Schwyz,
Und hatten manchen sauren Tag, den Wald
Mit weitverschlungnen Wurzeln auszuroden –
Drauf, als der Boden nicht mehr Gnügen tat
Der Zahl des Volks, da zogen sie hinüber
Zum schwarzen Berg[161], ja, bis ans Weißland[162] hin,
Wo, hinter ewgem Eiseswall verborgen,
Ein andres Volk in andern Zungen spricht[163].
Den Flecken Stanz erbauten sie am Kernwald[164],

159 Liedern: gemeint ist das überlieferte Ostfriesenlied. Es enthält die Sage von der Einwanderung des schweizerischen Urstammes: Als in Schweden große Not herrschte, zog jeder Zehnte, der durch Los bestimmt wurde, aus der Heimat aus. Dies geschah in drei Gruppen. Einer dieser stand Schwitzerus vor. Sie ließen sich nach Kämpfen und langer Reise in Schwyz nieder.

160 Muotta: Muota ist ein 29 Kilometer langer Fluss in den Schwyzer Alpen. Das Tal des Flusses trägt den gleichen Namen.

161 Zum schwarzen Berg: der Brünig zwischen dem Berner Oberland und Unterwalden

162 Weißland: So wurde die ehemalige schweiz. Landvogtei Oberhasli genannt, die sich in Gletschernähe befindet.

163 Ein andres Volk in andern Zungen spricht: Gemeint ist das Kanton Wallis, in dem ein Sprache gesprochen wurde, die sich mit keltischen, gallischen, römischen, griechischen und italienischen Wörtern mischte.

164 Kernwald: Wald in der Gemeinde Kerns, die zu Unterwalden gehört

Den Flecken Altorf in dem Tal der Reuß[165] –
Doch blieben sie des Ursprungs stets gedenk,
Aus all den fremden Stämmen, die seitdem
In Mitte ihres Lands sich angesiedelt,
Finden die Schwyzer Männer sich heraus,
Es gibt das Herz, das Blut sich zu erkennen.

Reicht rechts und links die Hand hin.

AUF DER MAUER. Ja, wir sind eines Herzens, eines Bluts!

ALLE *sich die Hände reichend.*
Wir sind ein Volk, und einig wollen wir handeln.

STAUFFACHER. Die andern Völker tragen fremdes Joch,
Sie haben sich dem Sieger unterworfen.
Es leben selbst in unsern Landesmarken
Der Sassen[166] viel, die fremde Pflichten tragen,
Und ihre Knechtschaft erbt auf ihre Kinder.
Doch wir, der alten Schweizer echter Stamm,
Wir haben stets die Freiheit uns bewahrt.
Nicht unter Fürsten bogen wir das Knie,
Freiwillig wählten wir den Schirm der Kaiser.

RÖSSELMANN. Frei wählten wir des Reiches Schutz und Schirm,
So stehts bemerkt in Kaiser Friedrichs Brief[167].

STAUFFACHER. Denn herrenlos ist auch der Freiste nicht.
Ein Oberhaupt muß sein, ein höchster Richter,
Wo man das Recht mag schöpfen in dem Streit.
Drum haben unsre Väter für den Boden,
Den sie der alten Wildnis abgewonnen,
Die Ehr gegönnt dem Kaiser, der den Herrn
Sich nennt der deutschen und der welschen Erde[168],
Und wie die andern Freien seines Reichs
Sich ihm zu edelm Waffendienst gelobt,
Denn dieses ist der Freien einzge Pflicht,
Das Reich zu schirmen, das sie selbst beschirmt.

MELCHTHAL. Was drüber ist, ist Merkmal eines Knechts.

STAUFFACHER. Sie folgten, wenn der Heribann[169] erging,
Dem Reichspanier und schlugen seine Schlachten.
Nach Welschland zogen sie gewappnet mit,

165 Reuß: Der Fluss entspringt auf dem St. Gotthard und fießt bei Altdorf in den Vierwaldstättersee.

166 Sassen: Sassen gehörten zum baltischen Volk der Prußen, die nach der Unterwerfung durch den Deutschen Orden im 13. Jahrhundert auswanderten und gemeinsam mit anderen Siedlern im Stamm der Masuren aufgingen.

167 Kaiser Friedrichs Brief: Die Urkunde von Friedrich II., die im Jahre 1240 ausgestellt wurde und den Schweizern ihre Unabhängigkeit gewährte.

168 welschen Erde: Gebiet von romanischen Völkern

169 Heribann: Heerbann. Das Aufgebot aller waffenfähiger freier Grundbesitzer zur Heerfahrt bzw. zum Reichskrieg

Die Römerkron ihm auf das Haupt zu setzen.
Daheim regierten sie sich fröhlich selbst
Nach altem Brauch und eigenem Gesetz,
Der höchste Blutbann[170] war allein des Kaisers.
Und dazu ward bestellt ein großer Graf[171],
Der hatte seinen Sitz nicht in dem Lande,
Wenn Blutschuld kam, so rief man ihn herein,
Und unter offnem Himmel, schlicht und klar,
Sprach er das Recht und ohne Furcht der Menschen.
Wo sind hier Spuren, daß wir Knechte sind?
Ist einer, der es anders weiß, der rede!

IM HOFE. Nein, so verhält sich alles, wie Ihr sprecht,
Gewaltherrschaft ward nie bei uns geduldet.

STAUFFACHER. Dem Kaiser selbst versagten wir Gehorsam[172],
Da er das Recht zu Gunst der Pfaffen bog.
Denn als die Leute von dem Gotteshaus
Einsiedeln uns die Alp in Anspruch nahmen,
Die wir beweidet seit der Väter Zeit,
Der Abt herfürzog einen alten Brief,
Der ihm die herrenlose Wüste schenkte –
Denn unser Dasein hatte man verhehlt –
Da sprachen wir: »Erschlichen ist der Brief,
Kein Kaiser kann, was unser ist, verschenken.
Und wird uns Recht versagt vom Reich, wir können
In unsern Bergen auch des Reichs entbehren.«
– So sprachen unsre Väter! Sollen wir
Des neuen Joches Schändlichkeit erdulden,
Erleiden von dem fremden Knecht, was uns
In seiner Macht kein Kaiser durfte bieten?
– Wir haben diesen Boden uns erschaffen
Durch unsrer Hände Fleiß, den alten Wald,
Der sonst der Bären wilde Wohnung war,
Zu einem Sitz für Menschen umgewandelt,
Die Brut des Drachen[173] haben wir getötet,
Der aus den Sümpfen giftgeschwollen stieg,

---

170 Blutbann: die Blut-, Hals- oder Hochgerichtsbarkeit, die Gerichtsbarkeit über Straftaten

171 großer Graf: Die alten Kaiser ernannten einen großen Grafen, den die Schweizer, wenn eine Blutschuld zu richten war, in das Land baten.

172 Dem Kaiser selbst versagten wir Gehorsam... (Vers 1242ff.): Die ursprünglichen Schweizer lebten in ihren Bergtälern lang unbemerkt und abgeschieden. Gebhard, der Abt von Einsiedeln, verklagt sie eines Tages vor dem Kaiser Heinrich V. an, dass sie ihr Vieh auf Bergwiesen weideten, die zum Kloster gehörten. Dieses Land hatten die Menschen der Schwyz von ihren Vätern geerbt. Als Heinrich II. dieses Land belehnte, wusste er nicht, dass es den Schwyzern gehörte. Die Schwyzer aber weigerten sich, vom Erbe ihrer Väter zurückzutreten. Die Angelenheit wurde von den Kaiser gebracht, der zugunsten des Klosters entschied. Die Landleute verwarfen aber das Urteil des Kaisers.

173 Brut des Drachen: große Schlangen

Die Nebeldecke haben wir zerrissen[174],
Die ewig grau um diese Wildnis hing,
Den harten Fels gesprengt, über den Abgrund
Dem Wandersmann den sichern Steg geleitet,
Unser ist durch tausendjährigen Besitz
Der Boden – und der fremde Herrenknecht
Soll kommen dürfen und uns Ketten schmieden,
Und Schmach antun auf unsrer eignen Erde?
Ist keine Hülfe gegen solchen Drang?

Eine große Bewegung unter den Landleuten.

Nein, eine Grenze hat Tyrannenmacht,
Wenn der Gedrückte nirgends Recht kann finden,
Wenn unerträglich wird die Last – greift er
Hinauf getrosten Mutes in den Himmel
Und holt herunter seine ewgen Rechte,
Die droben hangen unveräußerlich
Und unzerbrechlich wie die Sterne selbst –
Der alte Urstand der Natur kehrt wieder,
Wo Mensch dem Menschen gegenübersteht –
Zum letzten Mittel, wenn kein andres mehr
Verfangen will, ist ihm das Schwert gegeben –
Der Güter höchstes dürfen wir verteidgen
Gegen Gewalt – Wir stehn vor unser Land,
Wir stehn vor unsre Weiber, unsre Kinder!

ALLE *an ihre Schwerter schlagend.*
Wir stehn vor unsre Weiber, unsre Kinder!

RÖSSELMANN *tritt in den Ring.*
Eh ihr zum Schwerte greift, bedenkt es wohl.
Ihr könnt es friedlich mit dem Kaiser schlichten.
Es kostet euch ein Wort, und die Tyrannen,
Die euch jetzt schwer bedrängen, schmeicheln euch.
– Ergreift, was man euch oft geboten hat,
Trennt euch vom Reich, erkennet Östreichs Hoheit –

AUF DER MAUER. Was sagt der Pfarrer? Wir zu Östreich schwören!

AM BÜHEL. Hört ihn nicht an!

WINKELRIED. Das rät uns ein Verräter,
Ein Feind des Landes!

REDING. Ruhig, Eidgenossen!

SEWA. Wir Östreich huldigen, nach solcher Schmach!

174 Die Nebeldecke haben wir zerrissen (Vers 1264 ff.): Durch die Urbarmachung des Bodens und durch die Rohdung von Wald haben sich die Urschweizer ihr Land geschaffen und die „Nebel“ (über dem Moor) zerrissen.

VON DER FLÜE. Wir uns abtrotzen lassen durch Gewalt,
Was wir der Güte weigerten!

MEIER. Dann wären
Wir Sklaven und verdienten es zu sein!

AUF DER MAUER. Der sei gestoßen aus dem Recht der Schweizer,
Wer von Ergebung spricht an Österreich!
– Landammann, ich bestehe drauf, dies sei
Das erste Landsgesetz, das wir hier geben.

MELCHTHAL. So seis. Wer von Ergebung spricht an Östreich,
Soll rechtlos sein und aller Ehren bar,
Kein Landmann nehm ihn auf an seinem Feuer.

ALLE *heben die rechte Hand auf.*
Wir wollen es, das sei Gesetz!

REDING *nach einer Pause.* Es ists.

RÖSSELMANN. Jetzt seid ihr frei, ihr seids durch dies Gesetz,
Nicht durch Gewalt soll Österreich ertrotzen,
Was es durch freundlich Werben nicht erhielt –

JOST VON WEILER. Zur Tagesordnung, weiter.

REDING. Eidgenossen!
Sind alle sanften Mittel auch versucht?
Vielleicht weiß es der König nicht, es ist
Wohl gar sein Wille nicht, was wir erdulden.
Auch dieses letzte sollten wir versuchen,
Erst unsre Klage bringen vor sein Ohr,
Eh wir zum Schwerte greifen. Schrecklich immer
Auch in gerechter Sache ist Gewalt,
Gott hilft nur dann, wenn Menschen nicht mehr helfen.

STAUFFACHER *zu Konrad Hunn.*
Nun ists an Euch, Bericht zu geben. Redet.

KONRAD HUNN. Ich war zu Rheinfeld[175] an des Kaisers Pfalz,
Wider der Vögte harten Druck zu klagen,
Den Brief zu holen unsrer alten Freiheit,
Den jeder neue König sonst bestätigt.
Die Boten vieler Städte fand ich dort,
Vom schwäbschen Lande und vom Lauf des Rheins,
Die all erhielten ihre Pergamente,
Und kehrten freudig wieder in ihr Land.
Mich, euren Boten, wies man an die Räte,
Und die entließen mich mit leerem Trost:
»Der Kaiser habe diesmal keine Zeit,
Er würde sonst einmal wohl an uns denken.«
– Und als ich traurig durch die Säle ging

175 Rheinfeld: Stadt im Aargau am linken Ufer des Rheins zwischen Basel und Zürich

Der Königsburg, da sah ich Herzog Hansen
In einem Erker weinend stehn, um ihn
Die edeln Herrn von Wart und Tegerfeld.
Die riefen mir und sagten: »Helft euch selbst,
Gerechtigkeit erwartet nicht vom König.
Beraubt er nicht des eignen Bruders Kind,
Und hinterhält ihm sein gerechtes Erbe?
Der Herzog fleht‘ ihn um sein Mütterliches,
Er habe seine Jahre voll, es wäre
Nun Zeit, auch Land und Leute zu regieren.
Was ward ihm zum Bescheid? Ein Kränzlein setzt‘ ihm
Der Kaiser auf: das sei die Zier der Jugend.«

AUF DER MAUER. Ihr habts gehört. Recht und Gerechtigkeit
Erwartet nicht vom Kaiser! Helft euch selbst!

REDING. Nichts andres bleibt uns übrig. Nun gebt Rat,
Wie wir es klug zum frohen Ende leiten.

WALTER FÜRST *tritt in den Ring.*
Abtreiben wollen wir verhaßten Zwang,
Die alten Rechte, wie wir sie ererbt
Von unsern Vätern, wollen wir bewahren,
Nicht ungezügelt nach dem Neuen greifen.
Dem Kaiser bleibe, was des Kaisers ist,
Wer einen Herrn hat, dien ihm pflichtgemäß.

MEIER. Ich trage Gut von Österreich zu Lehen[176].

WALTER FÜRST. Ihr fahret fort, Östreich die Pflicht zu leisten.

JOST VON WEILER. Ich steure an die Herrn von Rappersweil[177].

WALTER FÜRST. Ihr fahret fort, zu zinsen und zu steuern.

RÖSSELMANN. Der großen Frau zu Zürch[178] bin ich vereidet.

WALTER FÜRST. Ihr gebt dem Kloster, was des Klosters ist.

STAUFFACHER. Ich trage keine Lehen als des Reichs.

WALTER FÜRST. Was sein muß, das geschehe, doch nicht drüber.
Die Vögte wollen wir mit ihren Knechten
Verjagen und die festen Schlösser brechen,
Doch, wenn es sein mag, ohne Blut. Es sehe
Der Kaiser, daß wir notgedrungen nur
Der Ehrfurcht fromme Pflichten abgeworfen.
Und sieht er uns in unsern Schranken bleiben,
Vielleicht besiegt er staatsklug seinen Zorn,

---

176 Ich trage Gut von Österreich zu Lehen (Vers 1357ff.): Bei den Schwyzern gab es Menschen, die mit Leib und Gut Österreich lehnpflichtig waren.

177 Rappersweil: Rapperschwil ist ein Ort im Kanton Bern, den 1091 Graf Rudolf von Rapperswyl gründen ließ.

178 großen Frau zu Zürch: dem Frauenmünster in Zürich

Denn billge Furcht erwecket sich ein Volk,
Das mit dem Schwerte in der Faust sich mäßigt.

REDING. Doch lasset hören! Wie vollenden wirs?
Es hat der Feind die Waffen in der Hand,
Und nicht fürwahr in Frieden wird er weichen.

STAUFFACHER. Er wirds, wenn er in Waffen uns erblickt,
Wir überraschen ihn, eh er sich rüstet.

MEIER. Ist bald gesprochen, aber schwer getan.
Uns ragen in dem Land zwei feste Schlösser,
Die geben Schirm dem Feind und werden furchtbar,
Wenn uns der König in das Land sollt fallen.
Roßberg und Sarnen muß bezwungen sein,
Eh man ein Schwert erhebt in den drei Landen.

STAUFFACHER. Säumt man so lang, so wird der Feind gewarnt.
Zuviele sinds, die das Geheimnis teilen.

MEIER. In den Waldstätten findt sich kein Verräter.

RÖSSELMANN. Der Eifer auch, der gute, kann verraten.

WALTER FÜRST. Schiebt man es auf, so wird der Twing vollendet
In Altorf, und der Vogt befestigt sich.

MEIER. Ihr denkt an euch.

SIGRIST. Und ihr seid ungerecht.

MEIER *auffahrend.* Wir ungerecht! Das darf uns Uri bieten!

REDING. Bei eurem Eide[179], Ruh!

MEIER. Ja, wenn sich Schwyz
Versteht mit Uri, müssen wir wohl schweigen.

REDING. Ich muß euch weisen[180] vor der Landsgemeinde,
Daß ihr mit heftgem Sinn den Frieden stört!
Stehn wir nicht alle für dieselbe Sache?

WINKELRIED. Wenn wirs verschieben bis zum Fest des Herrn,
Dann bringts die Sitte mit, daß alle Sassen
Dem Vogt Geschenke bringen auf das Schloß,
So können zehen Männer oder zwölf
Sich unverdächtig in der Burg versammeln,
Die führen heimlich spitzge Eisen mit,
Die man geschwind kann an die Stäbe stecken,
Denn niemand kommt mit Waffen in die Burg.
Zunächst im Wald hält dann der große Haufe,
Und wenn die andern glücklich sich des Tors
Ermächtiget, so wird ein Horn geblasen,

179 Bei eurem Eide: Eid auf die Grundverfassung, der mit 16 Jahren abgegeben wurde
180 weisen: zurechtweisen

Und jene brechen aus dem Hinterhalt,
So wird das Schloß mit leichter Arbeit unser.

MELCHTHAL. Den Roßberg übernehm ich zu ersteigen,
Denn eine Dirn des Schlosses ist mir hold,
Und leicht betör ich sie, zum nächtlichen
Besuch die schwanke Leiter mir zu reichen,
Bin ich droben erst, zieh ich die Freunde nach.

REDING. Ists aller Wille, daß verschoben werde?

Die Mehrheit erhebt die Hand.

STAUFFACHER *zählt die Stimmen.*
Es ist ein Mehr[181] von zwanzig gegen zwölf!

WALTER FÜRST. Wenn am bestimmten Tag die Burgen fallen,
So geben wir von einem Berg zum andern
Das Zeichen mit dem Rauch, der Landsturm wird
Aufgeboten, schnell, im Hauptort jedes Landes,
Wenn dann die Vögte sehn der Waffen Ernst,
Glaubt mir, sie werden sich des Streits begeben
Und gern ergreifen friedliches Geleit,
Aus unsern Landesmarken zu entweichen.

STAUFFACHER. Nur mit dem Geßler fürcht ich schweren Stand,
Furchtbar ist er mit Reisigen umgeben,
Nicht ohne Blut räumt er das Feld, ja selbst
Vertrieben bleibt er furchtbar noch dem Land,
Schwer ists und fast gefährlich, ihn zu schonen.

BAUMGARTEN. Wos halsgefährlich[182] ist, da stellt mich hin,
Dem Tell verdank ich mein gerettet Leben.
Gern schlag ichs in die Schanze für das Land[183],
Mein Ehr hab ich beschützt, mein Herz befriedigt.

REDING. Die Zeit bringt Rat. Erwartets in Geduld.
Man muß dem Augenblick auch was vertrauen.
– Doch seht, indes wir nächtlich hier noch tagen,
Stellt auf den höchsten Bergen schon der Morgen
Die glühnde Hochwacht aus – Kommt, laßt uns scheiden,
Eh uns des Tages Leuchten überrascht.

WALTER FÜRST. Sorgt nicht, die Nacht weicht langsam aus den Tälern.

Alle haben unwillkürlich die Hüte abgenommen und betrachten mit stiller Sammlung die Morgenröte.

RÖSSELMANN. Bei diesem Licht, das uns zuerst begrüßt
Von allen Völkern, die tief unter uns

---

181 ein Mehr: Mehrheit der Stimmen
182 halsgefährlich: lebensgefährlich
183 Gern schlag ichs in die Schanze für das Land: aufs Spiel setzen

Schweratmend wohnen in dem Qualm der Städte,
Laßt uns den Eid des neuen Bundes schwören.
– Wir wollen sein ein einzig Volk von Brüdern,
In keiner Not uns trennen und Gefahr.

Alle sprechen es nach mit erhobenen drei Fingern.

– Wir wollen frei sein, wie die Väter waren,
Eher den Tod, als in der Knechtschaft leben.

Wie oben.

– Wir wollen trauen auf den höchsten Gott
Und uns nicht fürchten vor der Macht der Menschen.

Wie oben. Die Landleute umarmen einander.

STAUFFACHER. Jetzt gehe jeder seines Weges still
Zu seiner Freundschaft und Genoßsame[184],
Wer Hirt ist, wintre ruhig seine Herde
Und werb im stillen Freunde für den Bund,
– Was noch bis dahin muß erduldet werden,
Erduldets! Laßt die Rechnung der Tyrannen
Anwachsen, bis ein Tag die allgemeine
Und die besondre Schuld auf einmal zahlt.
Bezähme jeder die gerechte Wut,
Und spare für das Ganze seine Rache,
Denn Raub begeht am allgemeinen Gut,
Wer selbst sich hilft in seiner eignen Sache.

Indem sie zu drei verschiednen Seiten in größter Ruhe abgehen, fällt das Orchester mit einem prachtvollen Schwung ein, die leere Szene bleibt noch eine Zeitlang offen und zeigt das Schauspiel der aufgehenden Sonne über den Eisgebirgen.

184 Genoßsame: Genossenschaft

Dritter Aufzug

Erste Szene

Hof vor Tells Hause.

Er ist mit der Zimmeraxt, Hedwig mit einer häuslichen Arbeit beschäftigt. Walter und Wilhelm in der Tiefe spielen mit einer kleinen Armbrust.

WALTER *singt.*

Mit dem Pfeil, dem Bogen
Durch Gebirg und Tal
Kommt der Schütz gezogen
Früh am Morgenstrahl.

Wie im Reiche der Lüfte
König ist der Weih[185], –
Durch Gebirg und Klüfte
Herrscht der Schütze frei.

Ihm gehört das Weite,
Was sein Pfeil erreicht,
Das ist seine Beute,
Was da kreucht und fleugt.

Kommt gesprungen.

Der Strang ist mir entzwei. Mach mir ihn, Vater.

TELL. Ich nicht. Ein rechter Schütze hilft sich selbst.

Knaben entfernen sich.

HEDWIG. Die Knaben fangen zeitig an zu schießen.

TELL. Früh übt sich, was ein Meister werden will.

HEDWIG. Ach wollte Gott, sie lerntens nie!

TELL. Sie sollen alles lernen. Wer durchs Leben
Sich frisch will schlagen, muß zu Schutz und Trutz
Gerüstet sein.

HEDWIG. Ach, es wird keiner seine Ruh
Zu Hause finden.

TELL. Mutter, ich kanns auch nicht,
Zum Hirten hat Natur mich nicht gebildet,
Rastlos muß ich ein flüchtig Ziel verfolgen,
Dann erst genieß ich meines Lebens recht,
Wenn ich mirs jeden Tag aufs neu erbeute.

---

185 Weih: Adler. Im Dialekt werden alle Art Raubvögel *Weihe* genannt.

HEDWIG. Und an die Angst der Hausfrau denkst du nicht,
Die sich indessen, deiner wartend, härmt,
Denn mich erfüllts mit Grausen, was die Knechte
Von euren Wagefahrten sich erzählen.
Bei jedem Abschied zittert mir das Herz,
Daß du mir nimmer werdest wiederkehren.
Ich sehe dich im wilden Eisgebirg,
Verirrt, von einer Klippe zu der andern
Den Fehlsprung tun, seh, wie die Gemse dich
Rückspringend mit sich in den Abgrund reißt,
Wie eine Windlawine[186] dich verschüttet,
Wie unter dir der trügerische Firn
Einbricht und du hinabsinkst, ein lebendig
Begrabner, in die schauerliche Gruft –
Ach, den verwegnen Alpenjäger hascht
Der Tod in hundert wechselnden Gestalten,
Das ist ein unglückseliges Gewerb,
Das halsgefährlich führt am Abgrund hin!

TELL. Wer frisch umherspäht mit gesunden Sinnen,
Auf Gott vertraut und die gelenke Kraft,
Der ringt sich leicht aus jeder Fahr[187] und Not,
Den schreckt der Berg nicht, der darauf geboren.

Er hat seine Arbeit vollendet, legt das Gerät hinweg.

Jetzt, mein ich, hält das Tor auf Jahr und Tag.
Die Axt im Haus erspart den Zimmermann.

Nimmt den Hut.

HEDWIG. Wo gehst du hin?

TELL. Nach Altorf, zu dem Vater.

HEDWIG. Sinnst du auch nichts Gefährliches? Gesteh mirs.

TELL. Wie kommst du darauf, Frau?

HEDWIG. Es spinnt sich etwas
Gegen die Vögte – Auf dem Rütli ward
Getagt, ich weiß, und du bist auch im Bunde.

TELL. Ich war nicht mit dabei – doch werd ich mich
Dem Lande nicht entziehen, wenn es ruft.

HEDWIG. Sie werden dich hinstellen, wo Gefahr ist,
Das Schwerste wird dein Anteil sein, wie immer.

TELL. Ein jeder wird besteuert nach Vermögen.

---

186 Windlawine: Lawine
187 Fahr: Gefahr

HEDWIG. Den Unterwaldner hast du auch im Sturme
Über den See geschafft – Ein Wunder wars,
Daß ihr entkommen – Dachtest du denn gar nicht
An Kind und Weib?

TELL. Lieb Weib, ich dacht an euch,
Drum rettet ich den Vater seinen Kindern.

HEDWIG. Zu schiffen in dem wütgen See! Das heißt
Nicht Gott vertrauen! Das heißt Gott versuchen.

TELL. Wer gar zuviel bedenkt, wird wenig leisten.

HEDWIG. Ja, du bist gut und hilfreich, dienest allen,
Und wenn du selbst in Not kommst, hilft dir keiner.

TELL. Verhüt es Gott, daß ich nicht Hülfe brauche.

Er nimmt die Armbrust und Pfeile.

HEDWIG. Was willst du mit der Armbrust? Laß sie hier.

TELL. Mir fehlt der Arm, wenn mir die Waffe fehlt.

Die Knaben kommen zurück.

WALTER. Vater, wo gehst du hin?

TELL. Nach Altorf, Knabe,
Zum Ehni[188] – Willst du mit?

WALTER. Ja freilich will ich.

HEDWIG. Der Landvogt ist jetzt dort. Bleib weg von Altorf.

TELL. Er geht, noch heute.

HEDWIG. Drum laß ihn erst fort sein.
Gemahn ihn nicht an dich, du weißt, er grollt uns.

TELL. Mir soll sein böser Wille nicht viel schaden,
Ich tue recht und scheue keinen Feind.

HEDWIG. Die recht tun, eben die haßt er am meisten.

TELL. Weil er nicht an sie kommen kann – Mich wird
Der Ritter wohl in Frieden lassen, mein ich.

HEDWIG. So, weißt du das?

TELL. Es ist nicht lange her,
Da ging ich jagen durch die wilden Gründe
Des Schächentals[189] auf menschenleerer Spur,
Und da ich einsam einen Felsensteig
Verfolgte, wo nicht auszuweichen war,
Denn über mir hing schroff die Felswand her,
Und unten rauschte fürchterlich der Schächen,

---

188 Ehni: Großvater

189 Schächental: Tal in Uri, das in der Nähe von Altdorf am Schächenbach beginnt

Die Knaben drängen sich rechts und links an ihn und sehen mit gespannter Neugier an ihm hinauf.

Da kam der Landvogt gegen mich daher,
Er ganz allein mit mir, der auch allein war,
Bloß Mensch zu Mensch, und neben uns der Abgrund.
Und als der Herre mein ansichtig ward
Und mich erkannte, den er kurz zuvor
Um kleiner Ursach willen schwer gebüßt,
Und sah mich mit dem stattlichen Gewehr
Dahergeschritten kommen, da verblaßt' er,
Die Knie versagten ihm, ich sah es kommen,
Daß er jetzt an die Felswand würde sinken.
– Da jammerte mich sein, ich trat zu ihm
Bescheidentlich und sprach: Ich bins, Herr Landvogt.
Er aber konnte keinen armen Laut
Aus seinem Munde geben – Mit der Hand nur
Winkt' er mir schweigend, meines Wegs zu gehn,
Da ging ich fort und sandt ihm sein Gefolge.

HEDWIG. Er hat vor dir gezittert – Wehe dir!
Daß du ihn schwach gesehn, vergibt er nie.

TELL. Drum meid ich ihn, und er wird mich nicht suchen.

HEDWIG. Bleib heute nur dort weg. Geh lieber jagen.

TELL. Was fällt dir ein?

HEDWIG. Mich ängstigts. Bleibe weg.

TELL. Wie kannst du dich so ohne Ursach quälen?

HEDWIG. Weils keine Ursach hat – Tell, bleibe hier.

TELL. Ich habs versprochen, liebes Weib, zu kommen.

HEDWIG. Mußt du, so geh – Nur lasse mir den Knaben!

WALTER. Nein, Mütterchen. Ich gehe mit dem Vater.

HEDWIG. Wälty, verlassen willst du deine Mutter?

WALTER. Ich bring dir auch was Hübsches mit vom Ehni.

Geht mit dem Vater.

WILHELM. Mutter, ich bleibe bei dir!

HEDWIG *umarmt ihn.* Ja, du bist
Mein liebes Kind, du bleibst mir noch allein!

Sie geht an das Hoftor und folgt den Abgehenden lange mit den Augen.

Zweite Szene

Eine eingeschlossene wilde Waldgegend, Staubbäche stürzen von den Felsen. Berta im Jagdkleid. Gleich darauf Rudenz.

BERTA. Er folgt mir. Endlich kann ich mich erklären.

RUDENZ *tritt rasch ein.*
Fräulein, jetzt endlich find ich Euch allein,
Abgründe schließen ringsumher uns ein,
In dieser Wildnis fürcht ich keinen Zeugen,
Vom Herzen wälz ich dieses lange Schweigen –

BERTA. Seid Ihr gewiß, daß uns die Jagd nicht folgt?

RUDENZ. Die Jagd ist dort hinaus – Jetzt oder nie!
Ich muß den teuren Augenblick ergreifen –
Entschieden sehen muß ich mein Geschick,
Und sollt es mich auf ewig von Euch scheiden.
– O, waffnet Eure gütgen Blicke nicht
Mit dieser finstern Strenge – Wer bin ich,
Daß ich den kühnen Wunsch zu Euch erhebe?
Mich hat der Ruhm noch nicht genannt, ich darf
Mich in die Reih nicht stellen mit den Rittern,
Die siegberühmt und glänzend Euch umwerben.
Nichts hab ich als mein Herz voll Treu und Liebe –

BERTA *ernst und streng.*
Dürft Ihr von Liebe reden und von Treue,
Der treulos wird an seinen nächsten Pflichten?

Rudenz tritt zurück.

Der Sklave Österreichs, der sich dem Fremdling
Verkauft, dem Unterdrücker seines Volks?

RUDENZ. Von Euch, mein Fräulein, hör ich diesen Vorwurf?
Wen such ich denn, als Euch auf jener Seite?

BERTA. Mich denkt Ihr auf der Seite des Verrats
Zu finden? Eher wollt ich meine Hand
Dem Geßler selbst, dem Unterdrücker, schenken,
Als dem naturvergeßnen Sohn der Schweiz,
Der sich zu seinem Werkzeug machen kann!

RUDENZ. O Gott, was muß ich hören?

BERTA. Wie? Was liegt
Dem guten Menschen näher als die Seinen?
Gibts schönre Pflichten für ein edles Herz,
Als ein Verteidiger der Unschuld sein,
Das Recht des Unterdrückten zu beschirmen?
– Die Seele blutet mir um Euer Volk,
Ich leide mit ihm, denn ich muß es lieben,

Das so bescheiden ist und doch voll Kraft,
Es zieht mein ganzes Herz mich zu ihm hin,
Mit jedem Tage lern ichs mehr verehren.
– Ihr aber, den Natur und Ritterpflicht
Ihm zum geborenen Beschützer gaben,
Und ders verläßt, der treulos übertritt
Zum Feind, und Ketten schmiedet seinem Land,
Ihr seids, der mich verletzt und kränkt, ich muß
Mein Herz bezwingen, daß ich Euch nicht hasse.

RUDENZ. Will ich denn nicht das Beste meines Volks?
Ihm unter Östreichs mächtgem Szepter nicht
Den Frieden –

BERTA. Knechtschaft wollt Ihr ihm bereiten!
Die Freiheit wollt Ihr aus dem letzten Schloß,
Das ihr noch auf der Erde blieb, verjagen.
Das Volk versteht sich besser auf sein Glück,
Kein Schein verführt sein sicheres Gefühl,
Euch haben sie das Netz ums Haupt geworfen –

RUDENZ. Berta! Ihr haßt mich, Ihr verachtet mich!

BERTA. Tät ichs, mir wäre besser – Aber den
Verachtet sehen und verachtungswert,
Den man gern lieben möchte –

RUDENZ. Berta! Berta!
Ihr zeiget mir das höchste Himmelsglück,
Und stürzt mich tief in einem Augenblick.

BERTA. Nein, nein, das Edle ist nicht ganz erstickt
In Euch! Es schlummert nur, ich will es wecken,
Ihr müßt Gewalt ausüben an Euch selbst,
Die angestammte Tugend zu ertöten,
Doch wohl Euch, sie ist mächtiger als Ihr,
Und trotz Euch selber seid Ihr gut und edel!

RUDENZ. Ihr glaubt an mich! O Berta, alles läßt
Mich Eure Liebe sein und werden!

BERTA. Seid,
Wozu die herrliche Natur Euch machte!
Erfüllt den Platz, wohin sie Euch gestellt,
Zu Eurem Volke steht und Eurem Lande,
Und kämpft für Euer heilig Recht.

RUDENZ. Weh mir!
Wie kann ich Euch erringen, Euch besitzen,
Wenn ich der Macht des Kaisers widerstrebe?
Ists der Verwandten mächtger Wille nicht,
Der über Eure Hand tyrannisch waltet?

BERTA. In den Waldstätten liegen meine Güter,
Und ist der Schweizer frei, so bin auch ichs.

RUDENZ. Berta! welch einen Blick tut Ihr mir auf!

BERTA. Hofft nicht, durch Östreichs Gunst mich zu erringen,
Nach meinem Erbe strecken sie die Hand,
Das will man mit dem großen Erb vereinen.
Dieselbe Ländergier, die Eure Freiheit
Verschlingen will, sie drohet auch der meinen!
– O Freund, zum Opfer bin ich ausersehn,
Vielleicht um einen Günstling zu belohnen –
Dort wo die Falschheit und die Ränke wohnen,
Hin an den Kaiserhof will man mich ziehn,
Dort harren mein verhaßter Ehe Ketten,
Die Liebe nur – die Eure kann mich retten!

RUDENZ. Ihr könntet Euch entschließen, hier zu leben,
In meinem Vaterlande mein zu sein?
O Berta, all mein Sehnen in das Weite,
Was war es, als ein Streben nur nach Euch?
Euch sucht ich einzig auf dem Weg des Ruhms,
Und all mein Ehrgeiz war nur meine Liebe.
Könnt Ihr mit mir Euch in dies stille Tal
Einschließen und der Erde Glanz entsagen –
O dann ist meines Strebens Ziel gefunden,
Dann mag der Strom der wildbewegten Welt
Ans sichre Ufer dieser Berge schlagen –
Kein flüchtiges Verlangen hab ich mehr
Hinauszusenden in des Lebens Weiten –
Dann mögen diese Felsen um uns her
Die undurchdringlich feste Mauer breiten,
Und dies verschloßne selge Tal allein
Zum Himmel offen und gelichtet sein!

BERTA. Jetzt bist du ganz, wie dich mein ahnend Herz
Geträumt, mich hat mein Glaube nicht betrogen!

RUDENZ. Fahr hin, du eitler Wahn, der mich betört!
Ich soll das Glück in meiner Heimat finden.
Hier wo der Knabe fröhlich aufgeblüht,
Wo tausend Freudespuren mich umgeben,
Wo alle Quellen mir und Bäume leben,
Im Vaterland willst du die Meine werden!
Ach, wohl hab ich es stets geliebt! Ich fühls,
Es fehlte mir zu jedem Glück der Erden.

BERTA. Wo wär die selge Insel[190] aufzufinden,
Wenn sie nicht hier ist in der Unschuld Land?

---

190 selge Insel: das Elysium, das glückselige Land

Hier, wo die alte Treue heimisch wohnt,
Wo sich die Falschheit noch nicht hingefunden,
Da trübt kein Neid die Quelle unsers Glücks,
Und ewig hell entfliehen uns die Stunden.
– Da seh ich dich im echten Männerwert,
Den Ersten von den Freien und den Gleichen,
Mit reiner, freier Huldigung verehrt,
Groß wie ein König wirkt in seinen Reichen.

RUDENZ. Da seh ich dich, die Krone aller Frauen,
In weiblich reizender Geschäftigkeit,
In meinem Haus den Himmel mir erbauen,
Und, wie der Frühling seine Blumen streut,
Mit schöner Anmut mir das Leben schmücken
Und alles rings beleben und beglücken!

BERTA. Sieh, teurer Freund, warum ich trauerte,
Als ich dies höchste Lebensglück dich selbst
Zerstören sah – Weh mir! Wie stünds um mich,
Wenn ich dem stolzen Ritter müßte folgen,
Dem Landbedrücker auf sein finstres Schloß!
– Hier ist kein Schloß. Mich scheiden keine Mauern
Von einem Volk, das ich beglücken kann!

RUDENZ. Doch wie mich retten – wie die Schlinge lösen,
Die ich mir töricht selbst ums Haupt gelegt?

BERTA. Zerreiße sie mit männlichem Entschluß!
Was auch draus werde – Steh zu deinem Volk,
Es ist dein angeborner Platz.

Jagdhörner in der Ferne.

Die Jagd
Kommt näher – Fort, wir müssen scheiden – Kämpfe
Fürs Vaterland, du kämpfst für deine Liebe!
Es ist ein Feind, vor dem wir alle zittern,
Und eine Freiheit macht uns alle frei!

Gehen ab.

Dritte Szene

Wiese bei Altorf. Im Vordergrund Bäume, in der Tiefe der Hut auf einer Stange. Der Prospekt wird begrenzt durch den Bannberg[191], über welchem ein Schneegebirg[192] emporragt.

Frießhardt und Leuthold halten Wache.

FRIESSHARDT. Wir passen auf umsonst. Es will sich niemand
Heranbegeben und dem Hut sein' Reverenz
Erzeigen. ,s war doch sonst wie Jahrmarkt hier,
Jetzt ist der ganze Anger wie verödet,
Seitdem der Popanz[193] auf der Stange hängt.

LEUTHOLD. Nur schlecht Gesindel läßt sich sehn und schwingt
Uns zum Verdrieße die zerlumpten Mützen.
Was rechte Leute sind, die machen lieber
Den langen Umweg um den halben Flecken,
Eh sie den Rücken beugten vor dem Hut.

FRIESSHARDT. Sie müssen über diesen Platz, wenn sie
Vom Rathaus kommen um die Mittagstunde.
Da meint ich schon, ,nen guten Fang zu tun,
Denn keiner dachte dran, den Hut zu grüßen.
Da siehts der Pfaff[194], der Rösselmann – kam just
Von einem Kranken her – und stellt sich hin
Mit dem Hochwürdigen, grad vor die Stange –
Der Sigrist mußte mit dem Glöcklein schellen,
Da fielen all aufs Knie, ich selber mit,
Und grüßten die Monstranz[195], doch nicht den Hut. –

LEUTHOLD. Höre, Gesell, es fängt mir an zu deuchten,
Wir stehen hier am Pranger[196] vor dem Hut,
,s ist doch ein Schimpf für einen Reitersmann,
Schildwach[197] zu stehn vor einem leeren Hut –
Und jeder rechte Kerl muß uns verachten.
– Die Reverenz zu machen einem Hut,
Es ist doch traun! ein närrischer Befehl!

FRIESSHARDT. Warum nicht einem leeren, hohlen Hut?
Bückst du dich doch vor manchem hohlen Schädel.

Hildegard, Mechthild und Elsbet treten auf mit Kindern und stellen sich um die Stange.

---

191 Bannberg: Der stark bewaldete Bannberg liegt südöstlich von Altdorf.

192 Schneegebirg: die Gipfel Hoch Fulen, Blinzi, Gross Spitzen u.a.

193 Popanz: Kinderschreck

194 Pfaff: Pfarrer

195 Monstranz: kostbares Gehäuse, in dem die Hostie aufbewahrt wird

196 Pranger: auch Schandpfahl, ein Strafwerkzeug in Form einer Säule, eines Holzpfostens oder als Plattform. Bestrafte wurden hieran gefesselt und öffentlich bloß gestellt.

197 Schildwache: ein bewaffneter Einzelposten

LEUTHOLD. Und du bist auch so ein dienstfertger Schurke,
Und brächtest wackre Leute gern ins Unglück.
Mag, wer da will, am Hut vorübergehn,
Ich drück die Augen zu und seh nicht hin.

MECHTHILD. Da hängt der Landvogt – Habt Respekt, ihr Buben.

ELSBET. Wollts Gott, er ging, und ließ uns seinen Hut,
Es sollte drum nicht schlechter stehn ums Land!

FRIESSHARDT *verscheucht sie.*
Wollt ihr vom Platz? Verwünschtes Volk der Weiber!
Wer fragt nach euch? Schickt eure Männer her,
Wenn sie der Mut sticht, dem Befehl zu trotzen.

Weiber gehen.

Tell mit der Armbrust tritt auf, den Knaben an der Hand führend. Sie gehen an dem Hut vorbei gegen die vordere Szene, ohne darauf zu achten.

WALTER *zeigt nach dem Bannberg.*
Vater, ists wahr, daß auf dem Berge dort
Die Bäume bluten[198], wenn man einen Streich
Drauf führte mit der Axt?

TELL. Wer sagt das, Knabe?

WALTER. Der Meister Hirt erzählts – Die Bäume seien
Gebannt, sagt er, und wer sie schädige,
Dem wachse sein Hand heraus zum Grabe.

TELL. Die Bäume sind gebannt, das ist die Wahrheit.
– Siehst du die Firnen dort, die weißen Hörner,
Die hoch bis in den Himmel sich verlieren?

WALTER. Das sind die Gletscher, die des Nachts so donnern,
Und uns die Schlaglawinen[199] niedersenden.

TELL. So ists, und die Lawinen hätten längst
Den Flecken Altorf unter ihrer Last
Verschüttet, wenn der Wald dort oben nicht
Als eine Landwehr[200] sich dagegenstellte.

WALTER *nach einigem Besinnen.*
Gibts Länder, Vater, wo nicht Berge sind?

TELL. Wenn man hinuntersteigt von unsern Höhen[201],
Und immer tiefer steigt, den Strömen nach,
Gelangt man in ein großes, ebnes Land,

---

198 Die Bäume bluten...: (Vers 1770ff.): Die Bäume des Bannbergs durften unter Strafe nicht gefällt werden, da sie Schutz vor der Lawinen aus dem Schneegebirge bieten.

199 Schlaglawinen: Bei Tauwetter bilden sich vom schweren und nassen Schnee Lawinen.

200 Landwehr: Schutzdamm

201 Wenn man hinuntersteigt von unsern Höhen... (Vers 1785ff.): Tell spricht vom Flachland. Dies könnte Deutschland sein, da Reuß und Aar in den Rhein fließen, oder Frankreich, wohin die Rhone fließt, vielleicht auch Italien, wohin der Tessin fließt.

Wo die Waldwasser nicht mehr brausend schäumen,
Die Flüsse ruhig und gemächlich ziehn,
Da sieht man frei nach allen Himmelsräumen,
Das Korn wächst dort in langen, schönen Auen,
Und wie ein Garten ist das Land zu schauen.

WALTER. Ei, Vater, warum steigen wir denn nicht
Geschwind hinab in dieses schöne Land,
Statt daß wir uns hier ängstigen und plagen?

TELL. Das Land ist schön und gütig wie der Himmel,
Doch die's bebauen, sie genießen nicht
Den Segen, den sie pflanzen.

WALTER. Wohnen sie
Nicht frei wie du auf ihrem eignen Erbe?

TELL. Das Feld gehört dem Bischof und dem König[202].

WALTER. So dürfen sie doch frei in Wäldern jagen?

TELL. Dem Herrn gehört das Wild und das Gefieder.

WALTER. Sie dürfen doch frei fischen in dem Strom?

TELL. Der Strom, das Meer, das Salz[203] gehört dem König.

WALTER. Wer ist der König denn, den alle fürchten?

TELL. Es ist der eine, der sie schützt und nährt.

WALTER. Sie können sich nicht mutig selbst beschützen?

TELL. Dort darf der Nachbar nicht dem Nachbar trauen.

WALTER. Vater, es wird mir eng im weiten Land,
Da wohn ich lieber unter den Lawinen.

TELL. Ja, wohl ists besser, Kind, die Gletscherberge
Im Rücken haben, als die bösen Menschen.

Sie wollen vorübergehen.

WALTER. Ei, Vater, sieh den Hut dort auf der Stange.

TELL. Was kümmert uns der Hut? Komm, laß uns gehen.

Indem er abgehen will, tritt ihm Frießhardt mit vorgehaltner Pike[204] entgegen.

FRIESSHARDT. In des Kaisers Namen! Haltet an und steht!

TELL *greift in die Pike.* Was wollt Ihr? Warum haltet Ihr mich auf?

FRIESSHARDT. Ihr habts Mandat verletzt, Ihr müßt uns folgen.

LEUTHOLD. Ihr habt dem Hut nicht Reverenz bewiesen.

---

202 Das Feld gehört dem Bischof und dem König: es untersteht geistlichen und weltlichen Hoheiten. In der Folge werden mit dem Recht auf Jagen und Fischen Freiheitsrechte der Schweizer angesprochen, die dort jenseits die Untertanen nicht haben.

203 Salz: das Salzregal, das Recht des Königs auf die Salzquellen und-vorräte

204 Pike: mittelalterliche Stangenwaffe von Fußsoldaten, auch Spieß oder Lanze genannt

TELL. Freund, laß mich gehen.

FRIESSHARDT. Fort, fort ins Gefängnis!

WALTER. Den Vater ins Gefängnis! Hülfe! Hülfe!

In die Szene rufend.

Herbei, ihr Männer, gute Leute, helft,
Gewalt, Gewalt, sie führen ihn gefangen.

Rösselmann der Pfarrer und Petermann der Sigrist kommen herbei, mit drei andern Männern.

SIGRIST. Was gibts?

RÖSSELMANN. Was legst du Hand an diesen Mann?

FRIESSHARDT. Er ist ein Feind des Kaisers, ein Verräter!

TELL *faßt ihn heftig.* Ein Verräter, ich!

RÖSSELMANN. Du irrst dich, Freund, das ist
Der Tell, ein Ehrenmann und guter Bürger.

WALTER *erblickt Walter Fürsten und eilt ihm entgegen.*
Großvater, hilf, Gewalt geschieht dem Vater

FRIESSHARDT. Ins Gefängnis, fort!

WALTER FÜRST *herbeieilend.* Ich leiste Bürgschaft, haltet!
– Um Gotteswillen, Tell, was ist geschehen?

Melchthal und Stauffacher kommen.

FRIESSHARDT. Des Landvogts oberherrliche Gewalt
Verachtet er, und will sie nicht erkennen.

STAUFFACHER. Das hätt der Tell getan?

MELCHTHAL. Das lügst du, Bube!

LEUTHOLD. Er hat dem Hut nicht Reverenz bewiesen.

WALTER FÜRST. Und darum soll er ins Gefängnis? Freund,
Nimm meine Bürgschaft an und laß ihn ledig.

FRIESSHARDT. Bürg du für dich und deinen eignen Leib!
Wir tun, was unsers Amtes – Fort mit ihm!

MELCHTHAL *zu den Landleuten.*
Nein, das ist schreiende Gewalt! Ertragen wirs,
Daß man ihn fortführt, frech, vor unsern Augen?

SIGRIST. Wir sind die Stärkern. Freunde, duldets nicht,
Wir haben einen Rücken an den andern!

FRIESSHARDT. Wer widersetzt sich dem Befehl des Vogts?

NOCH DREI LANDLEUTE *herbeieilend.*
Wir helfen euch. Was gibts? Schlagt sie zu Boden.

Hildegard, Mechthild und Elsbet kommen zurück.

TELL. Ich helfe mir schon selbst. Geht, gute Leute,
Meint ihr, wenn ich die Kraft gebrauchen wollte,
Ich würde mich vor ihren Spießen fürchten?

MELCHTHAL *zu Frießhardt.*
Wags, ihn aus unsrer Mitte wegzuführen!

WALTER FÜRST UND STAUFFACHER.
Gelassen! Ruhig!

FRIESSHARDT *schreit.* Aufruhr und Empörung!

Man hört Jagdhörner.

WEIBER. Da kommt der Landvogt!

FRIESSHARDT *erhebt die Stimme.* Meuterei! Empörung!

STAUFFACHER. Schrei, bis du berstest, Schurke!

RÖSSELMANN UND MELCHTHAL. Willst du schweigen?

FRIESSHARDT *ruft noch lauter.* Zu Hülf, zu Hülf den Dienern des Gesetzes.

WALTER FÜRST. Da ist der Vogt! Weh uns, was wird das werden!

Geßler zu Pferd, den Falken auf der Faust, Rudolf der Harras, Berta und Rudenz, ein großes Gefolge von bewaffneten Knechten, welche einen Kreis von Piken um die ganze Szene schließen.

RUDOLF DER HARRAS. Platz, Platz dem Landvogt!

GESSLER. Treibt sie auseinander!
Was läuft das Volk zusammen? Wer ruft Hülfe?

Allgemeine Stille.

Wer wars? Ich will es wissen.

Zu Frießhardt.

Du tritt vor!
Wer bist du und was hältst du diesen Mann?

Er gibt den Falken einem Diener.

FRIESSHARDT. Gestrenger Herr, ich bin dein Waffenknecht
Und wohlbestellter Wächter bei dem Hut.
Diesen Mann ergriff ich über frischer Tat,
Wie er dem Hut den Ehrengruß versagte.
Verhaften wollt ich ihn, wie du befahlst,
Und mit Gewalt will ihn das Volk entreißen.

GESSLER *nach einer Pause.*
Verachtest du so deinen Kaiser, Tell,
Und mich, der hier an seiner Statt gebietet,
Daß du die Ehr versagst dem Hut, den ich
Zur Prüfung des Gehorsams aufgehangen?
Dein böses Trachten hast du mir verraten.

TELL. Verzeiht mir, lieber Herr! Aus Unbedacht,
Nicht aus Verachtung Eurer ists geschehn,
Wär ich besonnen, hieß ich nicht der Tell,
Ich bitt um Gnad, es soll nicht mehr begegnen.

GESSLER *nach einigem Stillschweigen.*
Du bist ein Meister auf der Armbrust, Tell,
Man sagt, du nähmst es auf mit jedem Schützen?

WALTER TELL. Und das muß wahr sein, Herr – ,nen Apfel schießt
Der Vater dir vom Baum auf hundert Schritte.

GESSLER. Ist das dein Knabe, Tell?

TELL. Ja, lieber Herr.

GESSLER. Hast du der Kinder mehr?

TELL. Zwei Knaben, Herr.

GESSLER. Und welcher ists, den du am meisten liebst?

TELL. Herr, beide sind sie mir gleich liebe Kinder.

GESSLER. Nun, Tell! weil du den Apfel triffst vom Baume
Auf hundert Schritte, so wirst du deine Kunst
Vor mir bewähren müssen – Nimm die Armbrust –
Du hast sie gleich zur Hand – und mach dich fertig,
Einen Apfel von des Knaben Kopf zu schießen –
Doch will ich raten, ziele gut, daß du
Den Apfel treffest auf den ersten Schuß,
Denn fehlst du ihn, so ist dein Kopf verloren.

Alle geben Zeichen des Schreckens.

TELL. Herr – Welches Ungeheure sinnet Ihr
Mir an – Ich soll vom Haupte meines Kindes –
– Nein, nein doch, lieber Herr, das kömmt Euch nicht
Zu Sinn – Verhüts der gnädge Gott – das könnt Ihr
Im Ernst von einem Vater nicht begehren!

GESSLER. Du wirst den Apfel schießen von dem Kopf
Des Knaben – Ich begehrs und wills.

TELL. Ich soll
Mit meiner Armbrust auf das liebe Haupt
Des eignen Kindes zielen – Eher sterb ich!

GESSLER. Du schießest oder stirbst mit deinem Knaben.

TELL. Ich soll der Mörder werden meines Kinds!
Herr, Ihr habt keine Kinder – wisset nicht,
Was sich bewegt in eines Vaters Herzen.

GESSLER. Ei, Tell, du bist ja plötzlich so besonnen!
Man sagte mir, daß du ein Träumer seist,
Und dich entfernst von andrer Menschen Weise.
Du liebst das Seltsame – drum hab ich jetzt

Ein eigen Wagstück für dich ausgesucht.
Ein andrer wohl bedächte sich – Du drückst
Die Augen zu, und greifst es herzhaft an.

BERTA. Scherzt nicht, o Herr! mit diesen armen Leuten!
Ihr seht sie bleich und zitternd stehn – So wenig
Sind sie Kurzweils gewohnt aus Eurem Munde.

GESSLER. Wer sagt Euch, daß ich scherze?

Greift nach einem Baumzweige, der über ihn herhängt.

Hier ist der Apfel.
Man mache Raum – Er nehme seine Weite,
Wies Brauch ist – Achtzig Schritte geb ich ihm –
Nicht weniger, noch mehr – Er rühmte sich,
Auf ihrer hundert seinen Mann zu treffen –
Jetzt, Schütze, triff, und fehle nicht das Ziel!

RUDOLF DER HARRAS.
Gott, das wird ernsthaft – Falle nieder, Knabe,
Es gilt, und fleh den Landvogt um dein Leben.

WALTER FÜRST *beiseite zu Melchthal, der kaum seine Ungeduld bezwingt.*
Haltet an Euch, ich fleh Euch drum, bleibt ruhig.

BERTA *zum Landvogt.*
Laßt es genug sein, Herr! Unmenschlich ists,
Mit eines Vaters Angst also zu spielen.
Wenn dieser arme Mann auch Leib und Leben
Verwirkt durch seine leichte Schuld, bei Gott!
Er hätte jetzt zehnfachen Tod empfunden.
Entlaßt ihn ungekränkt in seine Hütte,
Er hat Euch kennen lernen, dieser Stunde
Wird er und seine Kindeskinder denken.

GESSLER. Öffnet die Gasse – Frisch! Was zauderst du?
Dein Leben ist verwirkt, ich kann dich töten,
Und sieh, ich lege gnädig dein Geschick
In deine eigne kunstgeübte Hand.
Der kann nicht klagen über harten Spruch,
Den man zum Meister seines Schicksals macht.
Du rühmst dich deines sichern Blicks. Wohlan!
Hier gilt es, Schütze, deine Kunst zu zeigen,
Das Ziel ist würdig und der Preis ist groß!
Das Schwarze treffen in der Scheibe, das
Kann auch ein andrer! der ist mir der Meister,
Der seiner Kunst gewiß ist überall,
Dems Herz nicht in die Hand tritt noch ins Auge.

WALTER FÜRST *wirft sich vor ihm nieder.*
Herr Landvogt, wir erkennen Eure Hoheit,
Doch lasset Gnad vor Recht ergehen, nehmt

Die Hälfte meiner Habe, nehmt sie ganz,
Nur dieses Gräßliche erlasset einem Vater!

WALTER TELL. Großvater, knie nicht vor dem falschen Mann!
Sagt, wo ich hinstehn soll, ich fürcht mich nicht,
Der Vater trifft den Vogel ja im Flug,
Er wird nicht fehlen[205] auf das Herz des Kindes.

STAUFFACHER. Herr Landvogt, rührt Euch nicht des Kindes Unschuld?

RÖSSELMANN. O denket, daß ein Gott im Himmel ist,
Dem Ihr müßt Rede stehn für Eure Taten.

GESSLER *zeigt auf den Knaben.*
Man bind ihn an die Linde dort!

WALTER TELL. Mich binden!
Nein, ich will nicht gebunden sein. Ich will
Still halten, wie ein Lamm, und auch nicht atmen.
Wenn ihr mich bindet, nein, so kann ichs nicht,
So werd ich toben gegen meine Bande.

RUDOLF DER HARRAS. Die Augen nur laß dir verbinden, Knabe.

WALTER TELL. Warum die Augen? Denket Ihr, ich fürchte
Den Pfeil von Vaters Hand? Ich will ihn fest
Erwarten, und nicht zucken mit den Wimpern.
– Frisch, Vater, zeigs, daß du ein Schütze bist,
Er glaubt dirs nicht, er denkt uns zu verderben –
Dem Wütrich zum Verdrusse, schieß und triff.

Er geht an die Linde, man legt ihm den Apfel auf.

MELCHTHAL *zu den Landleuten.*
Was? Soll der Frevel sich vor unsern Augen
Vollenden? Wozu haben wir geschworen?

STAUFFACHER. Es ist umsonst. Wir haben keine Waffen,
Ihr seht den Wald von Lanzen um uns her.

MELCHTHAL. O hätten wirs mit frischer Tat vollendet,
Verzeihs Gott denen, die zum Aufschub rieten!

GESSLER *zum Tell.*
Ans Werk! Man führt die Waffen nicht vergebens.
Gefährlich ists, ein Mordgewehr zu tragen,
Und auf den Schützen springt der Pfeil zurück.
Dies stolze Recht, das sich der Bauer nimmt,
Beleidiget den höchsten Herrn des Landes.
Gewaffnet sei niemand, als wer gebietet.
Freuts euch, den Pfeil zu führen und den Bogen,
Wohl, so will ich das Ziel euch dazu geben.

TELL *spannt die Armbrust und legt den Pfeil auf.* Öffnet die Gasse! Platz!

---

205 nicht fehlen: nicht danebenschießen

STAUFFACHER. Was, Tell? Ihr wolltet – Nimmermehr – Ihr zittert,
Die Hand erbebt Euch, Eure Kniee wanken –

TELL *läßt die Armbrust sinken.*
Mir schwimmt es vor den Augen!

WEIBER. Gott im Himmel!

TELL *zum Landvogt.* Erlasset mir den Schuß. Hier ist mein Herz!

Er reißt die Brust auf.

Ruft Eure Reisigen und stoßt mich nieder.

GESSLER. Ich will dein Leben nicht, ich will den Schuß.
– Du kannst ja alles, Tell, an nichts verzagst du,
Das Steuerruder führst du wie den Bogen,
Dich schreckt kein Sturm, wenn es zu retten gilt,
Jetzt, Retter, hilf dir selbst – du rettest alle!

Tell steht in fürchterlichem Kampf, mit den Händen zuckend und die rollenden Augen bald auf den Landvogt, bald zum Himmel gerichtet. – Plötzlich greift er in seinen Köcher, nimmt einen zweiten Pfeil heraus und steckt ihn in seinen Goller[206]*. Der Landvogt bemerkt alle diese Bewegungen.*

WALTER TELL *unter der Linde.*
Vater, schieß zu, ich fürcht mich nicht.

TELL. Es muß!

Er rafft sich zusammen und legt an.

RUDENZ *der die ganze Zeit über in der heftigsten Spannung gestanden und mit Gewalt an sich gehalten, tritt hervor.*
Herr Landvogt, weiter werdet Ihrs nicht treiben,
Ihr werdet nicht – Es war nur eine Prüfung –
Den Zweck habt Ihr erreicht – Zu weit getrieben
Verfehlt die Strenge ihres weisen Zwecks,
Und allzu straff gespannt zerspringt der Bogen.

GESSLER. Ihr schweigt, bis man Euch aufruft.

RUDENZ. Ich will reden,
Ich darfs, des Königs Ehre ist mir heilig,
Doch solches Regiment muß Haß erwerben.
Das ist des Königs Wille nicht – Ich darfs
Behaupten – Solche Grausamkeit verdient
Mein Volk nicht, dazu habt Ihr keine Vollmacht.

GESSLER. Ha, Ihr erkühnt Euch!

RUDENZ. Ich hab still geschwiegen
Zu allen schweren Taten, die ich sah,
Mein sehend Auge hab ich zugeschlossen,

---

206 Goller: ein Kleidungsstück, das als loser Überwams bzw. Kragen über der Kleidung um den Hals und um die Schulter getragen wird

Mein überschwellend und empörtes Herz
Hab ich hinabgedrückt in meinen Busen.
Doch länger schweigen wär Verrat zugleich
An meinem Vaterland und an dem Kaiser.

BERTA *wirft sich zwischen ihn und den Landvogt.*
O Gott, Ihr reizt den Wütenden noch mehr.

RUDENZ. Mein Volk verließ ich, meinen Blutsverwandten
Entsagt ich, alle Bande der Natur
Zerriß ich, um an Euch mich anzuschließen –
Das Beste aller glaubt ich zu befördern,
Da ich des Kaisers Macht befestigte –
Die Binde fällt von meinen Augen – Schaudernd
Seh ich an einen Abgrund mich geführt –
Mein freies Urteil habt Ihr irrgeleitet,
Mein redlich Herz verführt – Ich war daran,
Mein Volk in bester Meinung zu verderben.

GESSLER. Verwegner, diese Sprache deinem Herrn?

RUDENZ. Der Kaiser ist mein Herr, nicht Ihr – Frei bin ich
Wie Ihr geboren, und ich messe mich
Mit Euch in jeder ritterlichen Tugend.
Und stündet Ihr nicht hier in Kaisers Namen,
Den ich verehre, selbst wo man ihn schändet,
Den Handschuh wärf ich vor Euch hin, Ihr solltet
Nach ritterlichem Brauch mir Antwort geben.
– Ja, winkt nur Euren Reisigen – Ich stehe
Nicht wehrlos da, wie die –

Auf das Volk zeigend.

Ich hab ein Schwert,
Und wer mir naht –

STAUFFACHER *ruft.* Der Apfel ist gefallen!

Indem sich alle nach dieser Seite gewendet und Berta zwischen Rudenz und den Landvogt sich geworfen, hat Tell den Pfeil abgedrückt.

RÖSSELMANN. Der Knabe lebt!

VIELE STIMMEN. Der Apfel ist getroffen!

Walter Fürst schwankt und droht zu sinken, Berta hält ihn.

GESSLER *erstaunt.* Er hat geschossen? Wie? der Rasende!

BERTA. Der Knabe lebt! kommt zu Euch, guter Vater!

WALTER TELL *kommt mit dem Apfel gesprungen.*
Vater, hier ist der Apfel – Wußt ichs ja,
Du würdest deinen Knaben nicht verletzen.

Tell stand mit vorgebognem Leib, als wollt er dem Pfeil folgen – die Armbrust entsinkt seiner Hand – wie er den Knaben kommen sieht, eilt er ihm mit ausgebreiteten Armen ent-

gegen und hebt ihn mit heftiger Inbrunst zu seinem Herzen hinauf, in dieser Stellung sinkt er kraftlos zusammen. Alle stehen gerührt.

BERTA. O gütger Himmel!

WALTER FÜRST *zu Vater und Sohn.* Kinder! meine Kinder!

STAUFFACHER. Gott sei gelobt!

LEUTHOLD. Das war ein Schuß! Davon
Wird man noch reden in den spätsten Zeiten.

RUDOLF DER HARRAS.
Erzählen wird man von dem Schützen Tell,
Solang die Berge stehn auf ihrem Grunde[207].

Reicht dem Landvogt den Apfel.

GESSLER.
Bei Gott, der Apfel mitten durchgeschossen!
Es war ein Meisterschuß, ich muß ihn loben.

RÖSSELMANN.
Der Schuß war gut, doch wehe dem, der ihn
Dazu getrieben, daß er Gott versuchte.

STAUFFACHER.
Kommt zu Euch, Tell, steht auf, Ihr habt Euch männlich
Gelöst, und frei könnt Ihr nach Hause gehen.

RÖSSELMANN. Kommt, kommt und bringt der Mutter ihren Sohn.

Sie wollen ihn wegführen.

GESSLER. Tell, höre!

TELL *kommt zurück.* Was befehlt Ihr, Herr?

GESSLER. Du stecktest
Noch einen zweiten Pfeil zu dir – Ja, ja,
Ich sah es wohl – Was meintest du damit?

TELL *verlegen.* Herr, das ist also bräuchlich bei den Schützen.

GESSLER.
Nein, Tell, die Antwort laß ich dir nicht gelten,
Es wird was anders wohl bedeutet haben.
Sag mir die Wahrheit frisch und fröhlich, Tell,
Was es auch sei, dein Leben sichr ich dir.
Wozu der zweite Pfeil?

TELL. Wohlan, o Herr,
Weil Ihr mich meines Lebens habt gesichert,
So will ich Euch die Wahrheit gründlich sagen.

Er zieht den Pfeil aus dem Goller und sieht den Landvogt mit einem furchtbaren Blick an.

---

207 Solang die Berge stehn auf ihrem Grunde: eine schweizer. Redensart für Ewigkeit, „so lang Grund und Grath staht“

Mit diesem zweiten Pfeil durchschoß ich – Euch,
Wenn ich mein liebes Kind getroffen hätte,
Und Eurer – wahrlich! hätt ich nicht gefehlt.

GESSLER. Wohl, Tell! Des Lebens hab ich dich gesichert,
Ich gab mein Ritterwort, das will ich halten –
Doch weil ich deinen bösen Sinn erkannt,
Will ich dich führen lassen und verwahren,
Wo weder Mond noch Sonne dich bescheint,
Damit ich sicher sei vor deinen Pfeilen.
Ergreift ihn, Knechte! Bindet ihn!

Tell wird gebunden.

STAUFFACHER. Wie, Herr?
So könntet Ihr an einem Manne handeln,
An dem sich Gottes Hand sichtbar verkündigt?

GESSLER. Laß sehn, ob sie ihn zweimal retten wird.
– Man bring ihn auf mein Schiff, ich folge nach
Sogleich, ich selbst will ihn nach Küßnacht[208] führen.

RÖSSELMANN. Ihr wollt ihn außer Lands gefangen führen?

LANDLEUTE. Das dürft Ihr nicht, das darf der Kaiser nicht,
Das widerstreitet unsern Freiheitsbriefen[209]!

GESSLER. Wo sind sie? Hat der Kaiser sie bestätigt?
Er hat sie nicht bestätigt – Diese Gunst
Muß erst erworben werden durch Gehorsam.
Rebellen seid ihr alle gegen Kaisers
Gericht und nährt verwegene Empörung.
Ich kenn euch alle – ich durchschau euch ganz –
Den nehm ich jetzt heraus aus eurer Mitte,
Doch alle seid ihr teilhaft seiner Schuld.
Wer klug ist, lerne schweigen und gehorchen.

Er enfernt sich, Berta, Rudenz, Harras und Knechte folgen, Frießhardt und Leuthold bleiben zurück.

WALTER FÜRST *in heftigem Schmerz.*
Es ist vorbei, er hats beschlossen, mich
Mit meinem ganzen Hause zu verderben!

STAUFFACHER *zum Tell.* O warum mußtet Ihr den Wütrich reizen!

TELL. Bezwinge sich, wer meinen Schmerz gefühlt!

STAUFFACHER. O nun ist alles, alles hin! Mit Euch
Sind wir gefesselt alle und gebunden!

208 Küßnacht: Küssnacht ist ein Ort nordöstlich am Vierwaldstättersees und liegt in Schwyz.

209 Das widerstreitet unsern Freiheitsbriefen: Gessler will Tell von Uri über die Landesgrenze nach Schwyz verschleppen. Dies widersprach den Freiheitsbriefen, die ausländische Gefangennahme untersagten.

LANDLEUTE *umringen den Tell.* Mit Euch geht unser letzter Trost dahin!

LEUTHOLD *nähert sich.* Tell, es erbarmt mich – doch ich muß gehorchen.

TELL. Lebt wohl!

WALTER TELL *sich mit heftigem Schmerz an ihm schmiegend.*
O Vater! Vater! Lieber Vater!

TELL *hebt die Arme zum Himmel.*
Dort droben ist dein Vater! den ruf an!

STAUFFACHER. Tell, sag ich Eurem Weibe nichts von Euch?

TELL *hebt den Knaben mit Inbrunst an seine Brust.*
Der Knab ist unverletzt, mir wird Gott helfen.

Reißt sich schnell los und folgt den Waffenknechten.

Vierter Aufzug

Erste Szene

Östliches Ufer des Vierwaldstättensees. Die seltsam gestalteten schroffen Felsen im Westen schließen den Prospekt. Der See ist bewegt, heftiges Rauschen und Tosen, dazwischen Blitze und Donnerschläge.

Kunz von Gersau. Fischer und Fischerknabe.

KUNZ. Ich sahs mit Augen an, Ihr könnt mirs glauben,
's ist alles so geschehn, wie ich Euch sagte.

FISCHER. Der Tell gefangen abgeführt nach Küßnacht,
Der beste Mann im Land, der bravste Arm,
Wenns einmal gelten sollte für die Freiheit.

KUNZ. Der Landvogt führt ihn selbst den See herauf,
Sie waren eben dran sich einzuschiffen,
Als ich von Flüelen[210] abfuhr, doch der Sturm,
Der eben jetzt im Anzug ist, und der
Auch mich gezwungen, eilends hier zu landen,
Mag ihre Abfahrt wohl verhindert haben.

FISCHER. Der Tell in Fesseln, in des Vogts Gewalt!
O glaubt, er wird ihn tief genug vergraben,
Daß er des Tages Licht nicht wieder sieht!
Denn fürchten muß er die gerechte Rache
Des freien Mannes, den er schwer gereizt!

KUNZ. Der Altlandammann auch, der edle Herr
Von Attinghausen, sagt man, lieg am Tode.

FISCHER. So bricht der letzte Anker unsrer Hoffnung!
Der war es noch allein, der seine Stimme
Erheben durfte für des Volkes Rechte!

KUNZ. Der Sturm nimmt überhand. Gehabt Euch wohl,
Ich nehme Herberg in dem Dorf[211], denn heut
Ist doch an keine Abfahrt mehr zu denken. *Geht ab.*

FISCHER. Der Tell gefangen und der Freiherr tot!
Erheb die freche Stirne, Tyrannei,
Wirf alle Scham hinweg, der Mund der Wahrheit
Ist stumm, das sehnde Auge ist geblendet,
Der Arm, der retten sollte, ist gefesselt!

---

210 Flüelen: die Nachbargemeinde von Altdorf in nördlicher Richtung

211 Ich nehme Herberg in dem Dorf: gemeint ist das Dorf Sissingen

KNABE. Es hagelt schwer, kommt in die Hütte, Vater,
Es ist nicht kommlich[212], hier im Freien hausen.

FISCHER. Raset, ihr Winde, flammt herab, ihr Blitze,
Ihr Wolken berstet, gießt herunter, Ströme
Des Himmels und ersäuft das Land! Zerstört
Im Keim die ungeborenen Geschlechter!
Ihr wilden Elemente werdet Herr,
Ihr Bären kommt, ihr alten Wölfe wieder
Der großen Wüste, euch gehört das Land,
Wer wird hier leben wollen ohne Freiheit!

KNABE. Hört, wie der Abgrund tost, der Wirbel brüllt,
So hats noch nie gerast in diesem Schlunde!

FISCHER. Zu zielen auf des eignen Kindes Haupt,
Solches ward keinem Vater noch geboten!
Und die Natur soll nicht in wildem Grimm
Sich drob empören – O mich solls nicht wundern,
Wenn sich die Felsen bücken in den See,
Wenn jene Zacken, jene Eisestürme,
Die nie auftauten seit dem Schöpfungstag,
Von ihren hohen Kulmen[213] niederschmelzen,
Wenn die Berge brechen, wenn die alten Klüfte
Einstürzen, eine zweite Sündflut alle
Wohnstätten der Lebendigen verschlingt!

Man hört läuten.

KNABE. Hört Ihr, sie läuten droben auf dem Berg,
Gewiß hat man ein Schiff in Not gesehn,
Und zieht die Glocke, daß gebetet werde.

Steigt auf eine Anhöhe.

FISCHER. Wehe dem Fahrzeug, das jetzt unterwegs,
In dieser furchtbarn Wiege wird gewiegt!
Hier ist das Steuer unnütz und der Steurer,
Der Sturm ist Meister, Wind und Welle spielen
Ball mit dem Menschen – Da ist nah und fern
Kein Busen, der ihm freundlich Schutz gewährte!
Handlos und schroff ansteigend starren ihm
Die Felsen, die unwirtlichen, entgegen,
Und weisen ihm nur ihre steinern schroffe Brust.

KNABE *deutet links.* Vater, ein Schiff, es kommt von Flüelen her.

FISCHER. Gott helf den armen Leuten! Wenn der Sturm
In dieser Wasserkluft sich erst verfangen,
Dann rast er um sich mit des Raubtiers Angst,

212 kommlich: im schweizer. Dialekt für bequem, angenehm

213 Kulm: die Spitze eines Berges

Das an des Gitters Eisenstäbe schlägt,
Die Pforte sucht er heulend sich vergebens,
Denn ringsum schränken ihn die Felsen ein,
Die himmelhoch den engen Paß vermauren.

Er steigt auf die Anhöhe.

KNABE. Es ist das Herrenschiff von Uri, Vater,
Ich kenns am roten Dach und an der Fahne.

FISCHER. Gerichte Gottes! Ja, er ist es selbst,
Der Landvogt, der da fährt – Dort schifft er hin,
Und führt im Schiffe sein Verbrechen mit!
Schnell hat der Arm des Rächers ihn gefunden,
Jetzt kennt er über sich den stärkern Herrn,
Diese Wellen geben nicht auf seine Stimme,
Diese Felsen bücken ihre Häupter nicht
Vor seinem Hute – Knabe, bete nicht,
Greif nicht dem Richter in den Arm!

KNABE. Ich bete für den Landvogt nicht – Ich bete
Für den Tell, der auf dem Schiff sich mit befindet.

FISCHER. O Unvernunft des blinden Elements!
Mußt du, um einen Schuldigen zu treffen,
Das Schiff mitsamt dem Steuermann verderben!

KNABE. Sieh, sieh, sie waren glücklich schon vorbei
Am Buggisgrat[214], doch die Gewalt des Sturms,
Der von dem Teufelsmünster[215] widerprallt,
Wirft sie zum großen Axenberg zurück.
– Ich seh sie nicht mehr.

FISCHER. Dort ist das Hakmesser[216],
Wo schon der Schiffe mehrere gebrochen.
Wenn sie nicht weislich dort vorüberlenken,
So wird das Schiff zerschmettert an der Fluh[217],
Die sich gähstotzig[218] absenkt in die Tiefe.
– Sie haben einen guten Steuermann
Am Bord, könnt einer retten, wärs der Tell,
Doch dem sind Arm und Hände ja gefesselt.

---

214 Bugisgrat: ein Felsvorsprung in der Nähe des Axenberges am Vierwaldstädter See, südlich vom Ort Sisikon. Dicht dabei liegt die so genannte Tellsplatte, an der bereits 1388 eine Kapelle errichtet wurde. Heute ist hier die Tellskapelle zu finden, die etwa 1880 errichtet wurde und in vier Fresken des Malers Ernst Stückelberg Szenen aus dem Gründungsmythos der Schweiz zeigt: Rütlischwur, Apfelschusss, Tellsprung und Tyrannenmord.

215 Teufelsmünster: eine Felswand am Vierwaldstättersee

216 Hakmesser: eine Felswand am Vierwaldstättersee, Hackmesser genannt

217 Fluh: kahler Felsen

218 gähstotzig: Senkrecht abschüssig, bezeichnet die Steilheit der Felswand

Wilhelm Tell mit der Armbrust. Er kommt mit raschen Schritten, blickt erstaunt umher und zeigt die heftigste Bewegung. Wenn er mitten auf der Szene ist, wirft er sich nieder, die Hände zu der Erde und dann zum Himmel ausbreitend.

KNABE *bemerkt ihn.* Sieh, Vater, wer der Mann ist, der dort kniet?

FISCHER. Er faßt die Erde an mit seinen Händen,
Und scheint wie außer sich zu sein.

KNABE *kommt vorwärts.* Was seh ich! Vater! Vater, kommt und seht!

FISCHER *nähert sich.*
Wer ist es? – Gott im Himmel! Was! der Tell?
Wie kommt Ihr hieher? Redet!

KNABE. Wart Ihr nicht
Dort auf dem Schiff gefangen und gebunden?

FISCHER. Ihr wurdet nicht nach Küßnacht abgeführt?

TELL *steht auf.* Ich bin befreit.

FISCHER UND KNABE. Befreit! O Wunder Gottes!

KNABE. Wo kommt Ihr her?

TELL. Dort aus dem Schiffe.

FISCHER. Was?

KNABE *zugleich.* Wo ist der Landvogt?

TELL. Auf den Wellen treibt er.

FISCHER. Ists möglich? Aber Ihr? Wie seid Ihr hier?
Seid Euren Banden und dem Sturm entkommen?

TELL. Durch Gottes gnädge Fürsehung – Hört an!

FISCHER UND KNABE. O redet, redet!

TELL. Was in Altorf sich
Begeben, wißt Ihrs?

FISCHER. Alles weiß ich, redet!

TELL. Daß mich der Landvogt fahren ließ und binden,
Nach seiner Burg zu Küßnacht wollte führen.

FISCHER. Und sich mit Euch zu Flüelen eingeschifft!
Wir wissen alles, sprecht, wie Ihr entkommen?

TELL. Ich lag im Schiff, mit Stricken fest gebunden,
Wehrlos, ein aufgegebner Mann – nicht hofft ich,
Das frohe Licht der Sonne mehr zu sehn,
Der Gattin und der Kinder liebes Antlitz,
Und trostlos blickt ich in die Wasserwüste –

FISCHER. O armer Mann!

TELL. So fuhren wir dahin,
Der Vogt, Rudolf der Harras und die Knechte.
Mein Köcher aber mit der Armbrust lag

Am hintern Gransen[219] bei dem Steuerruder.
Und als wir an die Ecke jetzt gelangt
Beim kleinen Axen, da verhängt' es Gott,
Daß solch ein grausam mördrisch Ungewitter
Gählings herfürbrach aus des Gotthards Schlünden,
Daß allen Ruderern das Herz entsank,
Und meinten alle, elend zu ertrinken.
Da hört ichs, wie der Diener einer sich
Zum Landvogt wendet' und die Worte sprach:
Ihr sehet Eure Not und unsre, Herr,
Und daß wir all am Rand des Todes schweben –
Die Steuerleute aber wissen sich
Für großer Furcht nicht Rat und sind des Fahrens
Nicht wohl berichtet – Nun aber ist der Tell
Ein starker Mann und weiß ein Schiff zu steuern,
Wie, wenn wir sein jetzt brauchten in der Not?
Da sprach der Vogt zu mir: Tell, wenn du dirs
Getrautest, uns zu helfen aus dem Sturm,
So möcht ich dich der Bande wohl entledgen.
Ich aber sprach: Ja, Herr, mit Gottes Hülfe
Getrau ich mirs, und helf uns wohl hiedannen.
So ward ich meiner Bande los und stand
Am Steuerruder und fuhr redlich hin.
Doch schielt ich seitwärts, wo mein Schießzeug lag,
Und an dem Ufer merkt ich scharf umher,
Wo sich ein Vorteil auftät zum Entspringen.
Und wie ich eines Felsenriffs[220] gewahre,
Das abgeplattet vorsprang in den See –

FISCHER. Ich kenns, es ist am Fuß des großen Axen,
Doch nicht für möglich acht ichs – so gar steil
Gehts an – vom Schiff es springend abzureichen –

TELL. Schrie ich den Knechten, handlich zuzugehn,
Bis daß wir vor die Felsenplatte kämen,
Dort, rief ich, sei das Ärgste überstanden –
Und als wir sie frischrudernd bald erreicht,
Fleh ich die Gnade Gottes an, und drücke,
Mit allen Leibeskräften angestemmt,
Den hintern Gransen an die Felswand hin –
Jetzt schnell mein Schießzeug fassend, schwing ich selbst
Hochspringend auf die Platte mich hinauf,
Und mit gewaltgem Fußstoß hinter mich
Schleudr ich das Schifflein in den Schlund der Wasser –
Dort mags, wie Gott will, auf den Wellen treiben!

219 Gransen: Schiffsschnabel
220 Felsenriff: gemeint ist die Tellsplatte

So bin ich hier, gerettet aus des Sturms
Gewalt und aus der schlimmeren der Menschen.

FISCHER. Tell, Tell, ein sichtbar Wunder hat der Herr
An Euch getan, kaum glaub ichs meinen Sinnen –
Doch saget! Wo gedenket Ihr jetzt hin,
Denn Sicherheit ist nicht für Euch, wofern
Der Landvogt lebend diesem Sturm entkommt.

TELL. Ich hört ihn sagen, da ich noch im Schiff
Gebunden lag, er woll bei Brunnen landen,
Und über Schwyz nach seiner Burg mich führen.

FISCHER. Will er den Weg dahin zu Lande nehmen?

TELL. Er denkts.

FISCHER. O so verbergt Euch ohne Säumen,
Nicht zweimal hilft Euch Gott aus seiner Hand.

TELL. Nennt mir den nächsten Weg nach Arth[221] und Küßnacht.

FISCHER. Die offne Straße zieht sich über Steinen,
Doch einen kürzern Weg und heimlichern
Kann Euch mein Knabe über Lowerz führen.

TELL *gibt ihm die Hand.* Gott lohn Euch Eure Guttat. Lebet wohl.

Geht und kehrt wieder um.

– Habt Ihr nicht auch im Rütli mitgeschworen?
Mir deucht, man nannt Euch mir –

FISCHER. Ich war dabei,
Und hab den Eid des Bundes mit beschworen.

TELL. So eilt nach Bürglen, tut die Lieb mir an,
Mein Weib verzagt um mich, verkündet ihr,
Daß ich gerettet sei und wohl geborgen.

FISCHER. Doch wohin sag ich ihr, daß Ihr geflohn?

TELL. Ihr werdet meinen Schwäher[222] bei ihr finden
Und andre, die im Rütli mitgeschworen –
Sie sollen wacker sein und gutes Muts,
Der Tell sei frei und seines Armes mächtig,
Bald werden sie ein Weitres von mir hören.

FISCHER. Was habt Ihr im Gemüt? Entdeckt mirs frei.

TELL. Ist es getan, wirds auch zur Rede kommen.

Geht ab.

FISCHER. Zeig ihm den Weg, Jenni – Gott steh ihm bei!
Er führts zum Ziel, was er auch unternommen. *Geht ab.*

---

221 Arth: Ort im Tal am Südufer des Zugersees zwischen Zugerberg und Rigi

222 Schwäher: in schweizer. Mundart eine Bezeichnung für einen Schwiegervater

Zweite Szene

Edelhof zu Attinghausen.

Der Freiherr, in einem Armsessel, sterbend. Walter Fürst, Stauffacher, Melchthal und Baumgarten um ihn beschäftigt. Walter Tell knieend vor dem Sterbenden.

WALTER FÜRST. Es ist vorbei mit ihm, er ist hinüber.

STAUFFACHER. Er liegt nicht wie ein Toter – Seht, die Feder
Auf seinen Lippen regt sich! Ruhig ist
Sein Schlaf, und friedlich lächeln seine Züge.

Baumgarten geht an die Türe und spricht mit jemand.

WALTER FÜRST *zu Baumgarten.* Wer ists?

BAUMGARTEN *kommt zurück.* Es ist Frau Hedwig, Eure Tochter,
Sie will Euch sprechen, will den Knaben sehn.

Walter Tell richtet sich auf.

WALTER FÜRST. Kann ich sie trösten? Hab ich selber Trost?
Häuft alles Leiden sich auf meinem Haupt?

HEDWIG *hereindringend.* Wo ist mein Kind? Laßt mich, ich muß es sehn –

STAUFFACHER. Faßt Euch, bedenkt, daß Ihr im Haus des Todes –

HEDWIG *stürzt auf den Knaben.* Mein Wälty! O er lebt mir.

WALTER TELL *hängt an ihr.* Arme Mutter!

HEDWIG. Ists auch gewiß? Bist du mir unverletzt?

Betrachtet ihn mit ängstlicher Sorgfalt.

Und ist es möglich? Konnt er auf dich zielen?
Wie konnt ers? O er hat kein Herz – Er konnte
Den Pfeil abdrücken auf sein eignes Kind!

WALTER FÜRST. Er tats mit Angst, mit schmerzzerrißner Seele,
Gezwungen tat ers, denn es galt das Leben.

HEDWIG. O hätt er eines Vaters Herz, eh ers
Getan, er wäre tausendmal gestorben!

STAUFFACHER. Ihr solltet Gottes gnädge Schickung preisen,
Die es so gut gelenkt –

HEDWIG. Kann ich vergessen,
Wies hätte kommen können – Gott des Himmels!
Und lebt ich achtzig Jahr – Ich seh den Knaben ewig
Gebunden stehn, den Vater auf ihn zielen,
Und ewig fliegt der Pfeil mir in das Herz.

MELCHTHAL. Frau, wüßtet Ihr, wie ihn der Vogt gereizt!

HEDWIG. O rohes Herz der Männer! Wenn ihr Stolz
Beleidigt wird, dann achten sie nichts mehr,

Sie setzen in der blinden Wut des Spiels
Das Haupt des Kindes und das Herz der Mutter!

BAUMGARTEN. Ist Eures Mannes Los nicht hart genug,
Daß Ihr mit schwerem Tadel ihn noch kränkt?
Für seine Leiden habt ihr kein Gefühl?

HEDWIG *kehrt sich nach ihm um und sieht ihn mit einem großen Blick an.*
Hast du nur Tränen für des Freundes Unglück?
– Wo waret ihr, da man den Trefflichen
In Bande schlug? Wo war da eure Hülfe?
Ihr sahet zu, ihr ließt das Gräßliche geschehn,
Geduldig littet ihrs, daß man den Freund
Aus eurer Mitte führte – Hat der Tell
Auch so an euch gehandelt? Stand er auch
Bedaurend da, als hinter dir die Reiter
Des Landvogts drangen, als der wütge See
Vor dir erbrauste? Nicht mit müßgen Tränen
Beklagt' er dich, in den Nachen sprang er, Weib
Und Kind vergaß er und befreite dich –

WALTER FÜRST. Was konnten wir zu seiner Rettung wagen,
Die kleine Zahl, die unbewaffnet war!

HEDWIG *wirft sich an seine Brust.*
O Vater! Und auch du hast ihn verloren!
Das Land, wir alle haben ihn verloren!
Uns allen fehlt er, ach! wir fehlen ihm!
Gott rette seine Seele vor Verzweiflung.
Zu ihm hinab ins öde Burgverlies
Dringt keines Freundes Trost – Wenn er erkrankte!
Ach, in des Kerkers feuchter Finsternis
Muß er erkranken – Wie die Alpenrose[223]
Bleicht und verkümmert in der Sumpfesluft,
So ist für ihn kein Leben als im Licht
Der Sonne, in dem Balsamstrom der Lüfte.
Gefangen! Er! Sein Atem ist die Freiheit,
Er kann nicht leben in dem Hauch der Grüfte.

STAUFFACHER. Beruhigt Euch. Wir alle wollen handeln,
Um seinen Kerker aufzutun.

HEDWIG. Was könnt ihr schaffen ohne ihn? – Solang
Der Tell noch frei war, ja, da war noch Hoffnung,
Da hatte noch die Unschuld einen Freund,
Da hatte einen Helfer der Verfolgte,
Euch alle rettete der Tell – Ihr alle
Zusammen könnt nicht seine Fesseln lösen!

Der Freiherr erwacht.

223 Alpenrose: Die Alpenrose wächst in großen Höhen und blüht etwa von Juni bis August.

BAUMGARTEN. Er regt sich, still!

ATTINGHAUSEN *sich aufrichtend.* Wo ist er?

STAUFFACHER. Wer?

ATTINGHAUSEN. Er fehlt mir,
Verläßt mich in dem letzten Augenblick!

STAUFFACHER. Er meint den Junker – Schickte man nach ihm?

WALTER FÜRST. Es ist nach ihm gesendet – Tröstet Euch!
Er hat sein Herz gefunden[224], er ist unser.

ATTINGHAUSEN. Hat er gesprochen für sein Vaterland?

STAUFFACHER. Mit Heldenkühnheit.

ATTINGHAUSEN. Warum kommt er nicht,
Um meinen letzten Segen zu empfangen?
Ich fühle, daß es schleunig mit mir endet.

STAUFFACHER. Nicht also, edler Herr! Der kurze Schlaf
Hat Euch erquickt, und hell ist Euer Blick.

ATTINGHAUSEN. Der Schmerz ist Leben, er verließ mich auch,
Das Leiden ist, so wie die Hoffnung, aus.

Er bemerkt den Knaben.

Wer ist der Knabe?

WALTER FÜRST. Segnet ihn, o Herr!
Er ist mein Enkel und ist vaterlos.

Hedwig sinkt mit dem Knaben vor dem Sterbenden nieder.

ATTINGHAUSEN. Und vaterlos laß ich euch alle, alle
Zurück – Weh mir, daß meine letzten Blicke
Den Untergang des Vaterlands gesehn!
Mußt ich des Lebens höchstes Maß erreichen,
Um ganz mit allen Hoffnungen zu sterben!

STAUFFACHER *zu Walter Fürst.*
Soll er in diesem finstern Kummer scheiden?
Erhellen wir ihm nicht die letzte Stunde
Mit schönem Strahl der Hoffnung? – Edler Freiherr!
Erhebet Euren Geist! Wir sind nicht ganz
Verlassen, sind nicht rettungslos verloren.

ATTINGHAUSEN. Wer soll euch retten?

WALTER FÜRST. Wir uns selbst. Vernehmt!
Es haben die drei Lande sich das Wort
Gegeben, die Tyrannen zu verjagen.
Geschlossen ist der Bund, ein heilger Schwur
Verbindet uns. Es wird gehandelt werden,

224 Er hat sein Herz gefunden: Er hat seine Vaterlandsliebe wieder entdeckt.

Eh noch das Jahr den neuen Kreis beginnt,
Euer Staub wird ruhn in einem freien Lande.

ATTINGHAUSEN. O saget mir! Geschlossen ist der Bund?

MELCHTHAL. Am gleichen Tage werden alle drei
Waldstätte sich erheben. Alles ist
Bereit, und das Geheimnis wohlbewahrt
Bis jetzt, obgleich viel Hunderte es teilen.
Hohl ist der Boden unter den Tyrannen,
Die Tage ihrer Herrschaft sind gezählt,
Und bald ist ihre Spur nicht mehr zu finden.

ATTINGHAUSEN. Die festen Burgen aber in den Landen?

MELCHTHAL. Sie fallen alle an dem gleichen Tag.

ATTINGHAUSEN. Und sind die Edeln dieses Bunds teilhaftig?

STAUFFACHER. Wir harren ihres Beistands, wenn es gilt,
Jetzt aber hat der Landmann nur geschworen.

ATTINGHAUSEN *richtet sich langsam in die Höhe, mit großem Erstaunen.*
Hat sich der Landmann solcher Tat verwogen[225],
Aus eignem Mittel, ohne Hülf der Edeln,
Hat er der eignen Kraft so viel vertraut –
Ja, dann bedarf es unserer nicht mehr,
Getröstet können wir zu Grabe steigen,
Es lebt nach uns – durch andre Kräfte will
Das Herrliche der Menschheit sich erhalten.

Er legt seine Hand auf das Haupt des Kindes, das vor ihm auf den Knien liegt.

Aus diesem Haupte, wo der Apfel lag,
Wird euch die neue beßre Freiheit grünen,
Das Alte stürzt, es ändert sich die Zeit,
Und neues Leben blüht aus den Ruinen.

STAUFFACHER *zu Walter Fürst.*
Seht, welcher Glanz sich um sein Aug ergießt!
Das ist nicht das Erlöschen der Natur,
Das ist der Strahl schon eines neuen Lebens.

ATTINGHAUSEN. Der Adel steigt von seinen alten Burgen
Und schwört den Städten seinen Bürgereid,
Im Üchtland[226] schon, im Thurgau[227] hats begonnen,
Die edle Bern erhebt ihr herrschend Haupt,
Freiburg ist eine sichre Burg der Freien,
Die rege Zürich waffnet ihre Zünfte

---

225 verwogen: entschlossen zu

226 Üchtland: Landschaft im Westen der Schweiz, ein ehemals sumpfiges, ödes Land, in dem heute Bern und Freiburg liegen

227 Thurgau: ein Kanton im Norden der Schweiz an den Bodensee grenzend

Zum kriegerischen Heer – es bricht die Macht
Der Könige sich an ihren ewgen Wällen –

Er spricht das Folgende mit dem Ton eines Sehers – seine Rede steigt bis zur Begeisterung.

Die Fürsten seh ich und die edeln Herrn
In Harnischen herangezogen kommen,
Ein harmlos Volk von Hirten zu bekriegen.
Auf Tod und Leben wird gekämpft, und herrlich
Wird mancher Paß durch blutige Entscheidung.
Der Landmann stürzt sich mit der nackten Brust,
Ein freies Opfer, in die Schar der Lanzen,
Er bricht sie, und des Adels Blüte fällt,
Es hebt die Freiheit siegend ihre Fahne.

Walter Fürsts und Stauffachers Hände fassend.

Drum haltet fest zusammen – fest und ewig –
Kein Ort der Freiheit sei dem andern fremd –
Hochwachten stellet aus auf euren Bergen,
Daß sich der Bund zum Bunde rasch versammle –
Seid einig – einig – einig –

Er fällt in das Küssen zurück – seine Hände halten entseelt noch die andern gefaßt. Fürst und Stauffacher betrachten ihn noch eine Zeitlang schweigend, dann treten sie hinweg, jeder seinem Schmerz überlassen. Unterdessen sind die Knechte still hereingedrungen, sie nähern sich mit Zeichen eines stillern oder heftigern Schmerzens, einige knien bei ihm nieder und weinen auf seine Hand, während dieser stummen Szene wird die Burgglocke geläutet.

Rudenz zu den Vorigen.

RUDENZ *rasch eintretend.* Lebt er? O saget, kann er mich noch hören?

WALTER FÜRST *deutet hin mit weggewandtem Gesicht.*
Ihr seid jetzt unser Lehensherr und Schirmer,
Und dieses Schloß hat einen andern Namen.

RUDENZ *erblickt den Leichnam und steht von heftigem Schmerz ergriffen.*
O gütger Gott! – Kommt meine Reu zu spät?
Konnt er nicht wen'ge Pulse länger leben,
Um mein geändert Herz zu sehn?
Verachtet hab ich seine treue Stimme,
Da er noch wandelte im Licht – Er ist
Dahin, ist fort auf immerdar und läßt mir
Die schwere unbezahlte Schuld! – O saget!
Schied er dahin im Unmut gegen mich?

STAUFFACHER. Er hörte sterbend noch, was Ihr getan,
Und segnete den Mut, mit dem Ihr spracht!

RUDENZ *kniet an dem Toten nieder.*
Ja, heilge Reste eines teuren Mannes!
Entseelter Leichnam! Hier gelob ich dirs
In deine kalte Totenhand – Zerrissen

Hab ich auf ewig alle fremden Bande,
Zurückgegeben bin ich meinem Volk,
Ein Schweizer bin ich und ich will es sein –
Von ganzer Seele – –

Aufstehend.

Trauert um den Freund,
Den Vater aller, doch verzaget nicht!
Nicht bloß sein Erbe ist mir zugefallen,
Es steigt sein Herz, sein Geist auf mich herab,
Und leisten soll euch meine frische Jugend,
Was euch sein greises Alter schuldig blieb.
– Ehrwürdger Vater, gebt mir Eure Hand!
Gebt mir die Eurige! Melchthal, auch Ihr!
Bedenkt Euch nicht! O wendet Euch nicht weg!
Empfanget meinen Schwur und mein Gelübde.

WALTER FÜRST. Gebt ihm die Hand. Sein wiederkehrend Herz
Verdient Vertraun.

MELCHTHAL. Ihr habt den Landmann nichts geachtet.
Sprecht, wessen soll man sich zu Euch versehn?

RUDENZ. O denket nicht des Irrtums meiner Jugend!

STAUFFACHER *zu Melchthal.*
Seid einig, war das letzte Wort des Vaters,
Gedenket dessen!

MELCHTHAL. Hier ist meine Hand!
Des Bauern Handschlag, edler Herr, ist auch
Ein Manneswort! Was ist der Ritter ohne uns?
Und unser Stand ist älter als der Eure.

RUDENZ. Ich ehr ihn, und mein Schwert soll ihn beschützen.

MELCHTHAL. Der Arm, Herr Freiherr, der die harte Erde
Sich unterwirft und ihren Schoß befruchtet,
Kann auch des Mannes Brust beschützen.

RUDENZ. Ihr
Sollt meine Brust, ich will die eure schützen,
So sind wir einer durch den andern stark.
– Doch wozu reden, da das Vaterland
Ein Raub noch ist der fremden Tyrannei?
Wenn erst der Boden rein ist von dem Feind,
Dann wollen wirs in Frieden schon vergleichen.

Nachdem er einen Augenblick innegehalten.

Ihr schweigt? Ihr habt mir nichts zu sagen? Wie?
Verdien ichs noch nicht, daß ihr mir vertraut?
So muß ich wider euren Willen mich
In das Geheimnis eures Bundes drängen.
– Ihr habt getagt – geschworen auf dem Rütli –

Ich weiß – weiß alles, was ihr dort verhandelt,
Und was mir nicht von euch vertrauet ward,
Ich habs bewahrt gleich wie ein heilig Pfand.
Nie war ich meines Landes Feind, glaubt mir,
Und niemals hätt ich gegen euch gehandelt.
– Doch übel tatet ihr, es zu verschieben,
Die Stunde dringt, und rascher Tat bedarfs –
Der Tell ward schon das Opfer eures Säumens –

STAUFFACHER. Das Christfest abzuwarten schwuren wir.

RUDENZ. Ich war nicht dort, ich hab nicht mitgeschworen.
Wartet ihr ab, ich handle.

MELCHTHAL. Was? Ihr wolltet –

RUDENZ. Des Landes Vätern zähl ich mich jetzt bei,
Und meine erste Pflicht ist, euch zu schützen.

WALTER FÜRST. Der Erde diesen teuren Staub zu geben,
Ist Eure nächste Pflicht und heiligste.

RUDENZ. Wenn wir das Land befreit, dann legen wir
Den frischen Kranz des Siegs ihm auf die Bahre.
– O Freunde! Eure Sache nicht allein,
Ich habe meine eigne auszufechten
Mit dem Tyrannen – Hört und wißt! Verschwunden
Ist meine Berta, heimlich weggeraubt,
Mit kecker Freveltat aus unsrer Mitte!

STAUFFACHER. Solcher Gewalttat hätte der Tyrann
Wider die freie Edle sich verwogen?

RUDENZ. O meine Freunde! Euch versprach ich Hülfe,
Und ich zuerst muß sie von euch erflehn.
Geraubt, entrissen ist mir die Geliebte,
Wer weiß, wo sie der Wütende verbirgt,
Welcher Gewalt sie frevelnd sich erkühnen,
Ihr Herz zu zwingen zum verhaßten Band!
Verlaßt mich nicht, o helft mir sie erretten –
Sie liebt euch, o sie hats verdient ums Land,
Daß alle Arme sich für sie bewaffnen –

WALTER FÜRST. Was wollt Ihr unternehmen?

RUDENZ. Weiß ichs? Ach!
In dieser Nacht, die ihr Geschick umhüllt,
In dieses Zweifels ungeheurer Angst,
Wo ich nichts Festes zu erfassen weiß,
Ist mir nur dieses in der Seele klar:
Unter den Trümmern der Tyrannenmacht
Allein kann sie hervorgegraben werden,
Die Festen alle müssen wir bezwingen,
Ob wir vielleicht in ihren Kerker dringen.

MELCHTHAL. Kommt, führt uns an. Wir folgen Euch. Warum
Bis morgen sparen, was wir heut vermögen?
Frei war der Tell, als wir im Rütli schwuren,
Das Ungeheure war noch nicht geschehen.
Es bringt die Zeit ein anderes Gesetz,
Wer ist so feig, der jetzt noch könnte zagen!

RUDENZ *zu Stauffacher und Walter Fürst.*
Indes bewaffnet und zum Werk bereit
Erwartet ihr der Berge Feuerzeichen,
Denn schneller als ein Botensegel[228] fliegt,
Soll euch die Botschaft unsers Siegs erreichen,
Und seht ihr leuchten die willkommnen Flammen,
Dann auf die Feinde stürzt, wie Wetters Strahl,
Und brecht den Bau der Tyrannei zusammen.

Gehen ab.

Dritte Szene

Die hohle Gasse[229] bei Küßnacht.

Man steigt von hinten zwischen Felsen herunter, und die Wanderer werden, ehe sie auf der Szene erscheinen, schon von der Höhe gesehen. Felsen umschließen die ganze Szene, auf einem der vordersten ist ein Vorsprung mit Gesträuch bewachsen.

TELL *tritt auf mit der Armbrust.*
Durch diese hohle Gasse muß er kommen,
Es führt kein andrer Weg nach Küßnacht – Hier
Vollend ichs – Die Gelegenheit ist günstig.
Dort der Holunderstrauch verbirgt mich ihm,
Von dort herab kann ihn mein Pfeil erlangen,
Des Weges Enge wehret den Verfolgern.
Mach deine Rechnung mit dem Himmel, Vogt,
Fort mußt du, deine Uhr ist abgelaufen.

Ich lebte still und harmlos – Das Geschoß
War auf des Waldes Tiere nur gerichtet,
Meine Gedanken waren rein von Mord –
Du hast aus meinem Frieden mich heraus
Geschreckt, in gärend Drachengift hast du
Die Milch der frommen Denkart mir verwandelt,
Zum Ungeheuren hast du mich gewöhnt –
Wer sich des Kindes Haupt zum Ziele setzte,
Der kann auch treffen in das Herz des Feinds.

---

228 Botensegel: eilende Boten, die über den Vierwaldstättersee schifften

229 hohle Gasse: eine schmale Gasse zwischen Immensee und Küssnacht

Die armen Kindlein, die unschuldigen,
Das treue Weib muß ich vor deiner Wut
Beschützen, Landvogt – Da, als ich den Bogenstrang
Anzog – als mir die Hand erzitterte –
Als du mit grausam teufelischer Lust
Mich zwangst, aufs Haupt des Kindes anzulegen –
Als ich ohnmächtig flehend rang vor dir,
Damals gelobt ich mir in meinem Innern
Mit furchtbarm Eidschwur, den nur Gott gehört,
Daß meines nächsten Schusses erstes Ziel
Dein Herz sein sollte – Was ich mir gelobt
In jenes Augenblickes Höllenqualen,
Ist eine heilge Schuld, ich will sie zahlen.

Du bist mein Herr und meines Kaisers Vogt,
Doch nicht der Kaiser hätte sich erlaubt,
Was du – Er sandte dich in diese Lande,
Um Recht zu sprechen – strenges, denn er zürnet –
Doch nicht, um mit der mörderischen Lust
Dich jedes Greuels straflos zu erfrechen,
Es lebt ein Gott, zu strafen und zu rächen.

Komm du hervor, du Bringer bittrer Schmerzen[230],
Mein teures Kleinod jetzt, mein höchster Schatz –
Ein Ziel will ich dir geben, das bis jetzt
Der frommen Bitte undurchdringlich war –
Doch dir soll es nicht widerstehn – Und du,
Vertraute Bogensehne, die so oft
Mir treu gedient hat in der Freude Spielen[231],
Verlaß mich nicht im fürchterlichen Ernst.
Nur jetzt noch halte fest, du treuer Strang,
Der mir so oft den herben Pfeil beflügelt –
Entränn er jetzo kraftlos meinen Händen,
Ich habe keinen zweiten zu versenden.

Wanderer gehen über die Szene.

Auf dieser Bank von Stein will ich mich setzen,
Dem Wanderer zur kurzen Ruh bereitet –
Denn hier ist keine Heimat – Jeder treibt
Sich an dem andern rasch und fremd vorüber,
Und fraget nicht nach seinem Schmerz – Hier geht
Der sorgenvolle Kaufmann und der leicht
Geschürzte Pilger – der andächtge Mönch,
Der düstre Räuber und der heitre Spielmann,
Der Säumer[232] mit dem schwer beladnen Roß,

230 Komm du hervor, du Bringer bittrer Schmerzen: Bei Homer wird so der Pfeil beschrieben.
231 in der Freude Spielen: gemeint ist das Scheibenschießen
232 Säumer: Ein Säumer führt das Lastenpferd.

Der ferne herkommt von der Menschen Ländern,
Denn jede Straße führt ans End der Welt.
Sie alle ziehen ihres Weges fort
An ihr Geschäft – und meines ist der Mord!

Setzt sich.

Sonst wenn der Vater auszog, liebe Kinder,
Da war ein Freuen, wenn er wiederkam,
Denn niemals kehrt er heim, er bracht euch etwas,
Wars eine schöne Alpenblume, wars
Ein seltner Vogel oder Ammonshorn[233],
Wie es der Wandrer findet auf den Bergen –
Jetzt geht er einem andern Weidwerk nach,
Am wilden Weg sitzt er mit Mordgedanken,
Des Feindes Leben ists, worauf er lauert.
– Und doch an euch nur denkt er, lieben Kinder,
Auch jetzt – euch zu verteidgen, eure holde Unschuld
Zu schützen vor der Rache des Tyrannen,
Will er zum Morde jetzt den Bogen spannen!

Steht auf.

Ich laure auf ein edles Wild – Läßt sichs
Der Jäger nicht verdrießen, tagelang
Umherzustreifen in des Winters Strenge,
Von Fels zu Fels den Wagesprung[234] zu tun,
Hinanzuklimmen an den glatten Wänden,
Wo er sich anleimt mit dem eignen Blut,
– Um ein armselig Grattier[235] zu erjagen.
Hier gilt es einen köstlicheren Preis,
Das Herz des Todfeinds, der mich will verderben.

Man hört von ferne eine heitre Musik, welche sich nähert.

Mein ganzes Leben lang hab ich den Bogen
Gehandhabt, mich geübt nach Schützenregel,
Ich habe oft geschossen in das Schwarze
Und manchen schönen Preis mir heimgebracht
Vom Freudenschießen – Aber heute will ich
Den Meisterschuß tun und das Beste mir
Im ganzen Umkreis des Gebirgs gewinnen.

Eine Hochzeit zieht über die Szene und durch den Hohlweg hinauf. Tell betrachtet sie, auf seinen Bogen gelehnt, Stüssi der Flurschütz gesellt sich zu ihm.

---

233 Ammonshorn: ein Amonit, ein ausgestorbener Kopffüßler mit einem spiralförmig gewundenen Körper und vielfächrigem Schneckengehäuse

234 Wagesprung: gefährlicher Sprung auf einen schmal hervorstehenden Felsvorsprung. Um hierbei nicht auszurutschen, bestrichen die Jäger ihre Fußsohlen oft mit Harz.

235 Grattier: Gemsen, die sich in den höchsten Graten der Berge aufhalten

STÜSSI. Das ist der Klostermeir[236] von Mörlischachen[237],
Der hier den Brautlauf[238] hält – Ein reicher Mann,
Er hat wohl zehen Senten[239] auf den Alpen.
Die Braut holt er jetzt ab zu Imisee,
Und diese Nacht wird hoch geschwelgt zu Küßnacht.
Kommt mit! ,s ist jeder Biedermann geladen.

TELL. Ein ernster Gast stimmt nicht zum Hochzeithaus.

STÜSSI. Drückt Euch ein Kummer, werft ihn frisch vom Herzen,
Nehmt mit, was kommt, die Zeiten sind jetzt schwer.
Drum muß der Mensch die Freude leicht ergreifen.
Hier wird gefreit und anderswo begraben.

TELL. Und oft kommt gar das eine zu dem andern.

STÜSSI. So geht die Welt nun. Es gibt allerwegen
Unglücks genug – Ein Ruffi[240] ist gegangen
Im Glarner Land und eine ganze Seite
Vom Glärnisch[241] eingesunken.

TELL. Wanken auch
Die Berge selbst? Es steht nichts fest auf Erden.

STÜSSI. Auch anderswo vernimmt man Wunderdinge.
Da sprach ich einen, der von Baden[242] kam.
Ein Ritter wollte zu dem König reiten,
Und unterwegs begegnet ihm ein Schwarm
Von Hornissen, die fallen auf sein Roß,
Daß es für Marter tot zu Boden sinkt,
Und er zu Fuße ankommt bei dem König.

TELL. Dem Schwachen ist sein Stachel auch gegeben.

Armgard kommt mit mehreren Kindern und stellt sich an den Eingang des Hohlwegs.

STÜSSI. Man deutets auf ein großes Landesunglück,
Auf schwere Taten wider die Natur.

TELL. Dergleichen Taten bringet jeder Tag,
Kein Wunderzeichen braucht sie zu verkünden.

STÜSSI. Ja, wohl dem, der sein Feld bestellt in Ruh
Und ungekränkt daheim sitzt bei den Seinen.

---

236 Klostermeir: Verwalter eines Klosters

237 Mörlischachen: Dorf am Vierwaldstättersee südlich von Küssnacht

238 Brautlauf: ein Brautzug, der den Bräutigam begleitende Zug auf dem Weg zur Braut, um sie zur Hochzeit abzuholen

239 Senten: Kuhherden von einer unbestimmten Zahl

240 Ruffi: in der schweiz. Mundart der Durchbruch eines im Frühjahr angesammelten Bergwassers und der dadurch entstehende Wasserfall

241 Glärnisch: ein hoher Berg im Kanton Glarus

242 Baden: Ort im Kanton Aargau, im Mittelalter eine wichtige Festung und Sitz österreichischer Herzoge

TELL. Es kann der Frömmste nicht in Frieden bleiben,
Wenn es dem bösen Nachbar nicht gefällt.

Tell sieht oft mit unruhiger Erwartung nach der Höhe des Weges.

STÜSSI. Gehabt Euch wohl – Ihr wartet hier auf jemand?

TELL. Das tu ich.

STÜSSI. Frohe Heimkehr zu den Euren!
– Ihr seid aus Uri? Unser gnädger Herr
Der Landvogt wird noch heut von dort erwartet.

WANDERER *kommt.*
Den Vogt erwartet heut nicht mehr. Die Wasser
Sind ausgetreten von dem großen Regen,
Und alle Brücken hat der Strom zerissen.

Tell steht auf.

ARMGARD *kommt vorwärts.* Der Landvogt kommt nicht!

STÜSSI. Sucht Ihr was an ihn?

ARMGARD. Ach freilich!

STÜSSI. Warum stellet Ihr Euch denn
In dieser hohlen Gaß ihm in den Weg?

ARMGARD. Hier weicht er mir nicht aus, er muß mich hören.

FRIESSHARDT *kommt eilfertig den Hohlweg herab und ruft in die Szene.*
Man fahre aus dem Weg – Mein gnädger Herr
Der Landvogt kommt dicht hinter mir geritten.

Tell geht ab.

ARMGARD *lebhaft.* Der Landvogt kommt!

Sie geht mit ihren Kindern nach der vordern Szene. Geßler und Rudolf der Harras zeigen sich zu Pferd auf der Höhe des Wegs.

STÜSSI *zum Frießhardt.* Wie kamt ihr durch das Wasser,
Da doch der Strom die Brücken fortgeführt?

FRIESSHARDT. Wir haben mit dem See gefochten, Freund,
Und fürchten uns vor keinem Alpenwasser.

STÜSSI. Ihr wart zu Schiff in dem gewaltgen Sturm?

FRIESSHARDT. Das waren wir. Mein Lebtag denk ich dran –

STÜSSI. O bleibt, erzählt!

FRIESSHARDT. Laßt mich, ich muß voraus,
Den Landvogt muß ich in der Burg verkünden. *Ab.*

STÜSSI. Wärn gute Leute auf dem Schiff gewesen,
In Grund gesunken wärs mit Mann und Maus,
Dem Volk kann weder Wasser bei noch Feuer.

Er sieht sich um.

Wo kam der Weidmann hin, mit dem ich sprach?

Geht ab.

Geßler und Rudolf der Harras zu Pferd.

GESSLER. Sagt, was Ihr wollt, ich bin des Kaisers Diener
Und muß drauf denken, wie ich ihm gefalle.
Er hat mich nicht ins Land geschickt, dem Volk
Zu schmeicheln und ihm sanft zu tun – Gehorsam
Erwartet er, der Streit ist, ob der Bauer
Soll Herr sein in dem Lande oder der Kaiser.

ARMGARD. Jetzt ist der Augenblick! Jetzt bring ichs an!

Nähert sich furchtsam.

GESSLER. Ich hab den Hut nicht aufgesteckt zu Altorf
Des Scherzes wegen, oder um die Herzen
Des Volks zu prüfen, diese kenn ich längst.
Ich hab ihn aufgesteckt, daß sie den Nacken
Mir lernen beugen, den sie aufrecht tragen –
Das Unbequeme hab ich hingepflanzt
Auf ihren Weg, wo sie vorbeigehn müssen,
Daß sie drauf stoßen mit dem Aug, und sich
Erinnern ihres Herrn, den sie vergessen.

RUDOLF DER HARRAS. Das Volk hat aber doch gewisse Rechte –

GESSLER. Die abzuwägen, ist jetzt keine Zeit!
– Weitschichtge Dinge sind im Werk und Werden,
Das Kaiserhaus will wachsen, was der Vater
Glorreich begonnen, will der Sohn vollenden.
Dies kleine Volk ist uns ein Stein im Weg –
So oder so – es muß sich unterwerfen.

Sie wollen vorüber. Die Frau wirft sich vor dem Landvogt nieder.

ARMGARD. Barmherzigkeit, Herr Landvogt! Gnade! Gnade!

GESSLER. Was dringt Ihr Euch auf offner Straße mir
In Weg – Zurück!

ARMGARD. Mein Mann liegt im Gefängnis,
Die armen Waisen schrein nach Brot – Habt Mitleid,
Gestrenger Herr, mit unserm großen Elend.

RUDOLF DER HARRAS. Wer seid Ihr? Wer ist Euer Mann?

ARMGARD. Ein armer
Wildheuer[243], guter Herr, vom Rigiberge[244],
Der überm Abgrund weg das freie Gras

243 Wildheuer: arme Leute, die kein Land und nur wenig Vieh besitzen und das Heu in der Wildnis suchen

244 Rigiberg: ein hoher alleinstehender Berg im Kanton Schwyz zwischen den Zuger, Lauwerzer und Luzerner Seen

Abmähet von den schroffen Felsenwänden,
Wohin das Vieh sich nicht getraut zu steigen –

RUDOLF DER HARRAS *zum Landvogt.*
Bei Gott, ein elend und erbärmlich Leben!
Ich bitt Euch, gebt ihn los, den armen Mann,
Was er auch Schweres mag verschuldet haben,
Strafe genug ist sein entsetzlich Handwerk.

Zu der Frau.

Euch soll Recht werden – Drinnen auf der Burg
Nennt Eure Bitte – Hier ist nicht der Ort.

ARMGARD. Nein, nein, ich weiche nicht von diesem Platz,
Bis mir der Vogt den Mann zurückgegeben!
Schon in den sechsten Mond[245] liegt er im Turm
Und harret auf den Richterspruch vergebens.

GESSLER. Weib, wollt Ihr mir Gewalt antun, hinweg.

ARMGARD. Gerechtigkeit, Landvogt! Du bist der Richter
Im Lande an des Kaisers Statt und Gottes.
Tu deine Pflicht! So du Gerechtigkeit
Vom Himmel hoffest, so erzeig sie uns.

GESSLER. Fort, schafft das freche Volk mir aus den Augen.

ARMGARD *greift in die Zügel des Pferdes.*
Nein, nein, ich habe nichts mehr zu verlieren.
– Du kommst nicht von der Stelle, Vogt, bis du
Mir Recht gesprochen – Falte deine Stirne,
Rolle die Augen, wie du willst – Wir sind
So grenzenlos unglücklich, daß wir nichts
Nach deinem Zorn mehr fragen –

GESSLER. Weib, mach Platz,
Oder mein Roß geht über dich hinweg.

ARMGARD. Laß es über mich dahingehn – Da –

Sie reißt ihre Kinder zu Boden und wirft sich mit ihnen ihm in den Weg.

Hier lieg ich
Mit meinen Kindern – Laß die armen Waisen
Von deines Pferdes Huf zertreten werden,
Es ist das Ärgste nicht, was du getan –

RUDOLF DER HARRAS. Weib, seid Ihr rasend?

ARMGARD *heftiger fortfahrend.* Tratest du doch längst
Das Land des Kaisers unter deine Füße!
– O ich bin nur ein Weib! Wär ich ein Mann,

245 Mond: Monat

Ich wüßte wohl was Besseres, als hier
Im Staub zu liegen –

Man hört die vorige Musik wieder auf der Höhe des Wegs, aber gedämpft.

GESSLER. Wo sind meine Knechte?
Man reiße sie von hinnen, oder ich
Vergesse mich und tue, was mich reuet.

RUDOLF DER HARRAS. Die Knechte können nicht hindurch, o Herr,
Der Hohlweg ist gesperrt durch eine Hochzeit.

GESSLER. Ein allzu milder Herrscher bin ich noch
Gegen dies Volk – die Zungen sind noch frei,
Es ist noch nicht ganz, wie es soll, gebändigt –
Doch es soll anders werden, ich gelob es,
Ich will ihn brechen diesen starren Sinn,
Den kecken Geist der Freiheit will ich beugen.
Ein neu Gesetz will ich in diesen Landen
Verkündigen – Ich will –

Ein Pfeil durchbohrt ihn, er fährt mit der Hand ans Herz und will sinken. Mit matter Stimme.

Gott sei mir gnädig!

RUDOLF DER HARRAS. Herr Landvogt – Gott was ist das? Woher kam das?

ARMGARD *auffahrend.*
Mord! Mord! Er taumelt, sinkt! Er ist getroffen!
Mitten ins Herz hat ihn der Pfeil getroffen!

RUDOLF DER HARRAS *springt vom Pferde.*
Welch gräßliches Ereignis – Gott – Herr Ritter –
Ruft die Erbarmung Gottes an – Ihr seid
Ein Mann des Todes! –

GESSLER. Das ist Tells Geschoß.

Ist vom Pferd herab dem Rudolf Harras in die Arme gegleitet und wird auf der Bank niedergelassen.

TELL *erscheint oben auf der Höhe des Felsen.*
Du kennst den Schützen, suche keinen andern!
Frei sind die Hütten, sicher ist die Unschuld
Vor dir, du wirst dem Lande nicht mehr schaden.

Verschwindet von der Höhe. Volk stürzt herein.

STÜSSI *voran.* Was gibt es hier? Was hat sich zugetragen?

ARMGARD. Der Landvogt ist von einem Pfeil durchschossen.

VOLK *im Hereinstürzen.* Wer ist erschossen?

Indem die vordersten von dem Brautzug auf die Szene kommen, sind die hintersten noch auf der Höhe, und die Musik geht fort.

RUDOLF DER HARRAS. Er verblutet sich.
Fort, schaffet Hilfe! Setzt dem Mörder nach!
– Verlorner Mann, so muß es mit dir enden,
Doch meine Warnung wolltest du nicht hören!

STÜSSI. Bei Gott! da liegt er bleich und ohne Leben!

VIELE STIMMEN. Wer hat die Tat getan?

RUDOLF DER HARRAS. Rast dieses Volk,
Daß es dem Mord Musik macht? Laßt sie schweigen.

Musik bricht plötzlich ab, es kommt noch mehr Volk nach.

Herr Landvogt, redet, wenn Ihr könnt – Habt Ihr
Mir nichts mehr zu vertraun?

Geßler gibt Zeichen mit der Hand, die er mit Heftigkeit wiederholt, da sie nicht gleich verstanden werden.

Wo soll ich hin?
– Nach Küßnacht? – Ich versteh Euch nicht – O werdet
Nicht ungeduldig – Laßt das Irdische,
Denkt jetzt, Euch mit dem Himmel zu versöhnen.

Die ganze Hochzeitgesellschaft umsteht den Sterbenden mit einem fühllosen Grausen.

STÜSSI. Sieh, wie er bleich wird – Jetzt, jetzt tritt der Tod
Ihm an das Herz – die Augen sind gebrochen.

ARMGARD *hebt ein Kind empor.* Seht, Kinder, wie ein Wüterich verscheidet!

RUDOLF DER HARRAS.
Wahnsinnge Weiber, habt ihr kein Gefühl,
Daß ihr den Blick an diesem Schrecknis weidet?
– Helft – Leget Hand an – Steht mir niemand bei,
Den Schmerzenspfeil ihm aus der Brust zu ziehn?

WEIBER *treten zurück.* Wir ihn berühren, welchen Gott geschlagen!

RUDOLF DER HARRAS. Fluch treff euch und Verdammnis! *Zieht das Schwert.*

STÜSSI *fällt ihm in den Arm.* Wagt es, Herr!
Eur Walten hat ein Ende. Der Tyrann
Des Landes ist gefallen. Wir erdulden
Keine Gewalt mehr. Wir sind freie Menschen.

ALLE *tumultuarisch.* Das Land ist frei.

RUDOLF DER HARRAS. Ist es dahin gekommen?
Endet die Furcht so schnell und der Gehorsam?

Zu den Waffenknechten, die hereindringen.

Ihr seht die grausenvolle Tat des Mords,
Die hier geschehen – Hülfe ist umsonst –
Vergeblich ists, dem Mörder nachzusetzen.
Uns drängen andre Sorgen – Auf, nach Küßnacht,
Daß wir dem Kaiser seine Feste retten!

Denn aufgelöst in diesem Augenblick
Sind aller Ordnung, aller Pflichten Bande,
Und keines Mannes Treu ist zu vertrauen.

Indem er mit den Waffenknechten abgeht, erscheinen sechs Barmherzige Brüder.

ARMGARD. Platz! Platz! Da kommen die Barmherzgen Brüder.

STÜSSI. Das Opfer liegt – Die Raben steigen nieder.

BARMHERZIGE BRÜDER *schließen einen Halbkreis um den Toten und singen in tiefem Ton.* Rasch tritt der Tod den Menschen an,
Es ist ihm keine Frist gegeben,
Es stürzt ihn mitten in der Bahn,
Es reißt ihn fort vom vollen Leben,
Bereitet oder nicht, zu gehen,
Er muß vor seinen Richter stehen!

Indem die letzten Zeilen wiederholt werden, fällt der Vorhang.

Fünfter Aufzug

Erste Szene

Öffentlicher Platz bei Altorf.

Im Hintergrunde rechts die Feste Zwing Uri mit dem noch stehenden Baugerüste wie in der dritten Szene des ersten Aufzugs; links eine Aussicht in viele Berge hinein, auf welchen allen Signalfeuer brennen. Es ist eben Tagesanbruch, Glocken ertönen aus verschiedenen Fernen. Ruodi, Kuoni, Werni, Meister Steinmetz und viele andre Landleute, auch Weiber und Kinder.

RUODI. Seht ihr die Feuersignale auf den Bergen?

STEINMETZ. Hört ihr die Glocken drüben überm Wald?

RUODI. Die Feinde sind verjagt.

STEINMETZ. Die Burgen sind erobert.

RUODI. Und wir im Lande Uri dulden noch
Auf unserm Boden das Tyrannenschloß?
Sind wir die letzten, die sich frei erklären?

STEINMETZ. Das Joch soll stehen, das uns zwingen wollte?
Auf, reißt es nieder!

ALLE. Nieder! Nieder! Nieder!

RUODI. Wo ist der Stier von Uri?

STIER VON URI. Hier. Was soll ich?

RUODI. Steigt auf die Hochwacht, blast in Euer Horn,
Daß es weitschmetternd in die Berge schalle,
Und jedes Echo in den Felsenklüften
Aufweckend, schnell die Männer des Gebirgs
Zusammenrufe.

Stier von Uri geht ab. Walter Fürst kommt.

WALTER FÜRST. Haltet, Freunde! Haltet!
Noch fehlt uns Kunde, was in Unterwalden
Und Schwyz geschehen. Laßt uns Boten erst
Erwarten.

RUODI. Was erwarten? Der Tyrann
Ist tot, der Tag der Freiheit ist erschienen.

STEINMETZ. Ists nicht genug an diesen flammenden Boten,
Die ringsherum auf allen Bergen leuchten?

RUODI. Kommt alle, kommt, legt Hand an, Männer und Weiber!
Brecht das Gerüste! Sprengt die Bogen! Reißt
Die Mauern ein! Kein Stein bleib auf dem andern.

STEINMETZ. Gesellen, kommt! Wir habens aufgebaut,
Wir wissens zu zerstören.

ALLE. Kommt! reißt nieder.

Sie stürzen sich von allen Seiten auf den Bau.

WALTER FÜRST. Es ist im Lauf. Ich kann sie nicht mehr halten.

Melchthal und Baumgarten kommen.

MELCHTHAL. Was? Steht die Burg noch und Schloß Sarnen liegt
In Asche und der Roßberg ist gebrochen?

WALTER FÜRST. Seid Ihr es, Melchthal? Bringt Ihr uns die Freiheit?
Sagt! Sind die Lande alle rein vom Feind?

MELCHTHAL *umarmt ihn.*
Rein ist der Boden. Freut Euch, alter Vater!
In diesem Augenblicke, da wir reden,
Ist kein Tyrann mehr in der Schweizer Land.

WALTER FÜRST. O sprecht, wie wurdet ihr der Burgen mächtig?

MELCHTHAL. Der Rudenz war es, der das Sarner Schloß
Mit männlich kühner Wagetat gewann,
Den Roßberg hatt ich nachts zuvor erstiegen.
– Doch höret, was geschah. Als wir das Schloß
Vom Feind geleert, nun freudig angezündet,
Die Flamme prasselnd schon zum Himmel schlug,
Da stürzt der Diethelm, Geßlers Bub[246], hervor
Und ruft, daß die Bruneckerin verbrenne.

246 Geßlers Bub: Diener, Knappe

WALTER FÜRST. Gerechter Gott!

Man hört die Balken des Gerüstes stürzen.

MELCHTHAL. Sie war es selbst, war heimlich
Hier eingeschlossen auf des Vogts Geheiß.
Rasend erhub sich Rudenz – denn wir hörten
Die Balken schon, die festen Pfosten stürzen,
Und aus dem Rauch hervor den Jammerruf
– Der Unglückseligen.

WALTER FÜRST. Sie ist gerettet?

MELCHTHAL. Da galt Geschwindsein und Entschlossenheit!
– Wär er nur unser Edelmann gewesen,
Wir hätten unser Leben wohl geliebt,
Doch er war unser Eidgenoß, und Berta
Ehrte das Volk – So setzten wir getrost
Das Leben dran, und stürzten in das Feuer.

WALTER FÜRST. Sie ist gerettet?

MELCHTHAL. Sie ists. Rudenz und ich,
Wir trugen sie selbander[247] aus den Flammen,
Und hinter uns fiel krachend das Gebälk.
– Und jetzt, als sie gerettet sich erkannte,
Die Augen aufschlug zu dem Himmelslicht,
Jetzt stürzte mir der Freiherr an das Herz,
Und schweigend ward ein Bündnis jetzt beschworen,
Das fest gehärtet in des Feuers Glut
Bestehen wird in allen Schicksalsproben –

WALTER FÜRST. Wo ist der Landenberg?

MELCHTHAL. Über den Brünig[248].
Nicht lags an mir, daß er das Licht der Augen
Davontrug, der den Vater mir geblendet.
Nach jagt ich ihm, erreicht ihn auf der Flucht
Und riß ihn zu den Füßen meines Vaters.
Geschwungen über ihm war schon das Schwert,
Von der Barmherzigkeit des blinden Greises
Erhielt er flehend das Geschenk des Lebens.
Urfehde[249] schwur er, nie zurückzukehren,
Er wird sie halten, unsern Arm hat er
Gefühlt.

WALTER FÜRST. Wohl Euch, daß Ihr den reinen Sieg
Mit Blute nicht geschändet!

---

247 selbander: zu zweit

248 Brünig: ein Bergpass, der in den Kanton Bern führt. Schiller weicht hier von seiner Quelle ab, bei Tschudi und Joahnnes Müller flieht Landenberg nach Luzern in nördliche Richtung.

249 Urfehde: ein beeideter Fehdeverzicht, Verzicht auf Rache. Der Bruch der Urfehde wurde als Meineid verfolgt und bestraft.

KINDER *eilen mit Trümmern des Gerüstes über die Szene.*
Freiheit! Freiheit!

Das Horn von Uri wird mit Macht geblasen.

WALTER FÜRST. Seht, welch ein Fest! Des Tages werden sich
Die Kinder spät als Greise noch erinnern.

Mädchen bringen den Hut auf einer Stange getragen, die ganze Szene füllt sich mit Volk an.

RUODI. Hier ist der Hut, dem wir uns beugen mußten.

BAUMGARTEN. Gebt uns Bescheid, was damit werden soll.

WALTER FÜRST. Gott! Unter diesem Hute stand mein Enkel!

MEHRERE STIMMEN. Zerstört das Denkmal der Tyrannenmacht!
Ins Feuer mit ihm!

WALTER FÜRST. Nein, laßt ihn aufbewahren!
Der Tyrannei mußt er zum Werkzeug dienen,
Er soll der Freiheit ewig Zeichen sein!

Die Landleute, Männer, Weiber und Kinder stehen und sitzen auf den Balken des zerbrochenen Gerüstes malerisch gruppiert in einem großen Halbkreis umher.

MELCHTHAL. So stehen wir nun fröhlich auf den Trümmern
Der Tyrannei, und herrlich ists erfüllt,
Was wir im Rütli schwuren, Eidgenossen.

WALTER FÜRST. Das Werk ist angefangen, nicht vollendet.
Jetzt ist uns Mut und feste Eintracht not,
Denn seid gewiß, nicht säumen wird der König,
Den Tod zu rächen seines Vogts, und den
Vertriebnen mit Gewalt zurückzuführen.

MELCHTHAL. Er zieh heran mit seiner Heeresmacht,
Ist aus dem Innern doch der Feind verjagt,
Dem Feind von außen wollen wir begegnen.

RUODI. Nur wen'ge Pässe öffnen ihm das Land,
Die wollen wir mit unsern Leibern decken.

BAUMGARTEN. Wir sind vereinigt durch ein ewig Band,
Und seine Heere sollen uns nicht schrecken!

Rösselmann und Stauffacher kommen.

RÖSSELMANN *im Eintreten.* Das sind des Himmels furchtbare Gerichte.

LANDLEUTE. Was gibts?

RÖSSELMANN. In welchen Zeiten leben wir!

WALTER FÜRST. Sagt an, was ist es? – Ha, seid Ihrs, Herr Werner?
Was bringt Ihr uns?

LANDLEUTE. Was gibts?

RÖSSELMANN. Hört und erstaunet!

STAUFFACHER. Von einer großen Furcht sind wir befreit –

RÖSSELMANN. Der Kaiser ist ermordet.

WALTER FÜRST. Gnädger Gott!

Landleute machen einen Aufstand und umdrängen den Stauffacher.

ALLE. Ermordet! Was! Der Kaiser! Hört! Der Kaiser!

MELCHTHAL. Nicht möglich! Woher kam Euch diese Kunde?

STAUFFACHER. Es ist gewiß. Bei Bruck[250] fiel König Albrecht
Durch Mörders Hand – ein glaubenswerter Mann,
Johannes Müller[251], bracht es von Schaffhausen.

WALTER FÜRST. Wer wagte solche grauenvolle Tat?

STAUFFACHER. Sie wird noch grauenvoller durch den Täter.
Es war sein Neffe, seines Bruders Kind,
Herzog Johann von Schwaben, ders vollbrachte.

MELCHTHAL. Was trieb ihn zu der Tat des Vatermords?

STAUFFACHER. Der Kaiser hielt das väterliche Erbe
Dem ungeduldig Mahnenden zurück,
Es hieß, er denk ihn ganz darum zu kürzen,
Mit einem Bischofshut ihn abzufinden.
Wie dem auch sei – der Jüngling öffnete
Der Waffenfreunde bösem Rat sein Ohr,
Und mit den edeln Herrn von Eschenbach,
Von Tegerfelden, von der Wart und Palm
Beschloß er, da er Recht nicht konnte finden,
Sich Rach zu holen mit der eignen Hand.

WALTER FÜRST. O sprecht, wie ward das Gräßliche vollendet?

STAUFFACHER. Der König ritt herab vom Stein zu Baden,
Gen Rheinfeld, wo die Hofstatt[252] war, zu ziehn,
Mit ihm die Fürsten, Hans und Leopold,
Und ein Gefolge hochgeborner Herren.
Und als sie kamen an die Reuß, wo man
Auf einer Fähre sich läßt übersetzen,
Da drängten sich die Mörder in das Schiff,
Daß sie den Kaiser vom Gefolge trennten.
Drauf, als der Fürst durch ein geackert Feld
Hinreitet – eine alte große Stadt[253]
Soll drunter liegen aus der Heiden Zeit –

250 Bruck: Stadt im Kanton Aargau an der Aar, an einer Handelstraße zwischen Basel, Zürich und Italien gelegen

251 Johannes Müller: eine Anspielung auf den Geschichtsschreiber Johannes Müller, dessen Werk Schiller als Quelle diente

252 Hofstatt: Kaiser und König hatten zu dieser Zeit noch keine Residenz und hielten sich an wechselnden Orten, ihren Schlössern und Burgen auf

253 eine alte große Stadt soll drunter liegen: gemeint ist die römische Grenzstadt Vindonissa, ein wichtiger Waffenplatz gegen die Germanen und Allemannen. Vandalen, Allemannen, Hunnen und zuletzt die Franken zerstörten die Stadt vollständig.

Die alte Feste Habsburg[254] im Gesicht,
Wo seines Stammes Hoheit ausgegangen –
Stößt Herzog Hans den Dolch ihm in die Kehle,
Rudolf von Palm durchrennt ihn mit dem Speer,
Und Eschenbach zerspaltet ihm das Haupt,
Daß er heruntersinkt in seinem Blut,
Gemordet von den Seinen, auf dem Seinen.
Am andern Ufer sahen sie die Tat,
Doch durch den Strom geschieden, konnten sie
Nur ein ohnmächtig Wehgeschrei erheben;
Am Wege aber saß ein armes Weib,
In ihrem Schoß verblutete der Kaiser.

MELCHTHAL. So hat er nur sein frühes Grab gegraben,
Der unersättlich alles wollte haben!

STAUFFACHER. Ein ungeheurer Schrecken ist im Land umher,
Gesperrt sind alle Pässe des Gebirgs,
Jedweder Stand verwahret seine Grenzen,
Die alte Zürich selbst schloß ihre Tore,
Die dreißig Jahr lang offen standen, zu,
Die Mörder fürchtend und noch mehr – die Rächer.
Denn mit des Bannes Fluch bewaffnet, kommt
Der Ungarn Königin, die strenge Agnes,
Die nicht die Milde kennet ihres zarten
Geschlechts, des Vaters königliches Blut
Zu rächen an der Mörder ganzem Stamm,
An ihren Knechten, Kindern, Kindeskindern,
Ja an den Steinen ihrer Schlösser selbst.
Geschworen hat sie, ganze Zeugungen[255]
Hinabzusenden in des Vaters Grab,
In Blut sich wie in Maientau zu baden.

MELCHTHAL. Weiß man, wo sich die Mörder hingeflüchtet?

STAUFFACHER. Sie flohen alsbald nach vollbrachter Tat
Auf fünf verschiednen Straßen auseinander
Und trennten sich, um nie sich mehr zu sehn –
Herzog Johann soll irren im Gebirge.

WALTER FÜRST. So trägt die Untat ihnen keine Frucht!
Rache trägt keine Frucht! Sich selbst ist sie
Die fürchterliche Nahrung, ihr Genuß
Ist Mord, und ihre Sättigung das Grausen.

STAUFFACHER. Den Mördern bringt die Untat nicht Gewinn,
Wir aber brechen mit der reinen Hand
Des blutgen Frevels segenvolle Frucht.

---

254 Fest Habsburg: von Radbot, dem ersten Grafen von Habsburg, um 1020 erbaut

255 Zeugungen: Geschlechter bzw. Generationen

Denn einer großen Furcht sind wir entledigt,
Gefallen ist der Freiheit größter Feind,
Und wie verlautet, wird das Szepter gehn
Aus Habsburgs Haus zu einem andern Stamm,
Das Reich will seine Wahlfreiheit behaupten.

WALTER FÜRST UND MEHRERE.
Vernahmt Ihr was?

STAUFFACHER. Der Graf von Luxemburg
Ist von den mehrsten Stimmen schon bezeichnet.

WALTER FÜRST. Wohl uns, daß wir beim Reiche treu gehalten,
Jetzt ist zu hoffen auf Gerechtigkeit!

STAUFFACHER. Dem neuen Herrn tun tapfre Freunde not,
Er wird uns schirmen gegen Östreichs Rache.

Die Landleute umarmen einander. Sigrist mit einem Reichsboten.

SIGRIST. Hier sind des Landes würdge Oberhäupter.

RÖSSELMANN UND MEHRERE.
Sigrist, was gibts?

SIGRIST. Ein Reichsbot bringt dies Schreiben.

ALLE *zu Walter Fürst.* Erbrecht und leset.

WALTER FÜRST *liest.* »Den bescheidnen Männern
Von Uri, Schwyz und Unterwalden bietet
Die Königin Elsbet[256] Gnad und alles Gutes.«

VIELE STIMMEN. Was will die Königin? Ihr Reich ist aus.

WALTER FÜRST *liest.*
»In ihrem großen Schmerz und Witwenleid,
Worein der blutge Hinscheid ihres Herrn
Die Königin versetzt, gedenkt sie noch
Der alten Treu und Lieb der Schwyzerlande.«

MELCHTHAL. In ihrem Glück hat sie das nie getan.

RÖSSELMANN. Still! Lasset hören!

WALTER FÜRST *liest.*
»Und sie versieht sich zu dem treuen Volk,
Daß es gerechten Abscheu werde tragen
Vor den verfluchten Tätern dieser Tat.
Darum erwartet sie von den drei Landen,
Daß sie den Mördern nimmer Vorschub tun,
Vielmehr getreulich dazu helfen werden,
Sie auszuliefern in des Rächers Hand,
Der Lieb gedenkend und der alten Gunst,
Die sie von Rudolfs Fürstenhaus empfangen.«

---

256 Königin Elsbet: Elisabeth von Kärnten, Görz und Tirol, die Frau des ermordeten Königs Albrecht I. von Österreich

Zeichen des Unwillens unter den Landleuten.

VIELE STIMMEN. Der Lieb und Gunst!

STAUFFACHER. Wir haben Gunst empfangen von dem Vater,
Doch wessen rühmen wir uns von dem Sohn?
Hat er den Brief der Freiheit uns bestätigt,
Wie vor ihm alle Kaiser doch getan?
Hat er gerichtet nach gerechtem Spruch,
Und der bedrängten Unschuld Schutz verliehn?
Hat er auch nur die Boten wollen hören,
Die wir in unsrer Angst zu ihm gesendet?
Nicht eins von diesem allen hat der König
An uns getan, und hätten wir nicht selbst
Uns Recht verschafft mit eigner mutger Hand,
Ihn rührte unsre Not nicht an – Ihm Dank?
Nicht Dank hat er gesät in diesen Tälern.
Er stand auf einem hohen Platz, er konnte
Ein Vater seiner Völker sein, doch ihm
Gefiel es, nur zu sorgen für die Seinen,
Die er gemehrt hat, mögen um ihn weinen!

WALTER FÜRST. Wir wollen nicht frohlocken seines Falls,
Nicht des empfangnen Bösen jetzt gedenken,
Fern seis von uns! Doch, daß wir rächen sollten
Des Königs Tod, der nie uns Gutes tat,
Und die verfolgen, die uns nie betrübten,
Das ziemt uns nicht und will uns nicht gebühren,
Die Liebe will ein freies Opfer sein,
Der Tod entbindet von erzwungnen Pflichten,
– Ihm haben wir nichts weiter zu entrichten.

MELCHTHAL. Und weint die Königin in ihrer Kammer,
Und klagt ihr wilder Schmerz den Himmel an,
So seht ihr hier ein angstbefreites Volk
Zu eben diesem Himmel dankend flehen –
Wer Tränen ernten will, muß Liebe säen.

Reichsbote geht ab.

STAUFFACHER *zu dem Volk.*
Wo ist der Tell? Soll er allein uns fehlen,
Der unsrer Freiheit Stifter ist? Das Größte
Hat er getan, das Härteste erduldet.
Kommt alle, kommt, nach seinem Haus zu wallen,
Und rufet Heil dem Retter von uns allen.

Alle gehen ab.

Zweite Szene

Tells Hausflur. Ein Feuer brennt auf dem Herd. Die offenstehende Türe zeigt ins Freie.

Hedwig. Walter und Wilhelm.

HEDWIG. Heut kommt der Vater. Kinder, liebe Kinder!
Er lebt, ist frei, und wir sind frei und alles!
Und euer Vater ists, ders Land gerettet.

WALTER. Und ich bin auch dabei gewesen, Mutter!
Mich muß man auch mit nennen. Vaters Pfeil
Ging mir am Leben hart vorbei, und ich
Hab nicht gezittert.

HEDWIG *umarmt ihn.* Ja, du bist mir wieder
Gegeben! Zweimal hab ich dich geboren!
Zweimal litt ich den Mutterschmerz um dich!
Es ist vorbei – Ich hab euch beide, beide!
Und heute kommt der liebe Vater wieder!

Ein Mönch erscheint an der Haustüre.

WILHELM. Sieh, Mutter, sieh – dort steht ein frommer Bruder,
Gewiß wird er um eine Gabe flehn.

HEDWIG. Führ ihn herein, damit wir ihn erquicken,
Er fühlts, daß er ins Freudenhaus[257] gekommen.

Geht hinein und kommt bald mit einem Becher wieder.

WILHELM *zum Mönch.* Kommt, guter Mann. Die Mutter will Euch laben.

WALTER. Kommt, ruht Euch aus und geht gestärkt von dannen.

MÖNCH *scheu umherblickend, mit zerstörten Zügen.*
Wo bin ich? Saget an, in welchem Lande?

WALTER. Seid Ihr verirret, daß Ihr das nicht wißt?
Ihr seid zu Bürglen, Herr, im Lande Uri,
Wo man hineingeht in das Schächental.

MÖNCH *zur Hedwig, welche zurückkommt.*
Seid Ihr allein? Ist Euer Herr zu Hause?

HEDWIG. Ich erwart ihn eben – doch was ist Euch, Mann?
Ihr seht nicht aus, als ob Ihr Gutes brächtet.
– Wer Ihr auch seid, Ihr seid bedürftig, nehmt!

Reicht ihm den Becher.

MÖNCH. Wie auch mein lechzend Herz nach Labung[258] schmachtet,
Nichts rühr ich an, bis Ihr mir zugesagt –

---

257 Freudenhaus: Hedwig ist glücklich, dass ihr Sohn und ihr Mann unversehrt blieben. Daher bezeichnet sie ihr Haus als ein Haus der Freude.

258 Labung: Erfrischung

HEDWIG. Berührt mein Kleid nicht, tretet mir nicht nah,
Bleibt ferne stehn, wenn ich Euch hören soll.

MÖNCH. Bei diesem Feuer, das hier gastlich lodert,
Bei Eurer Kinder teurem Haupt, das ich
Umfasse –

Ergreift die Knaben.

HEDWIG. Mann, was sinnet Ihr? Zurück
Von meinen Kindern! – Ihr seid kein Mönch! Ihr seid
Es nicht! Der Friede wohnt in diesem Kleide,
In Euren Zügen wohnt der Friede nicht.

MÖNCH. Ich bin der unglückseligste der Menschen.

HEDWIG. Das Unglück spricht gewaltig zu dem Herzen,
Doch Euer Blick schnürt mir das Innre zu.

WALTER *aufspringend.* Mutter, der Vater!

Eilt hinaus.

HEDWIG. O mein Gott!

Will nach, zittert und hält sich an.

WILHELM *eilt nach.* Der Vater!

WALTER *draußen.* Da bist du wieder!

WILHELM *draußen.* Vater, lieber Vater!

TELL *draußen.* Da bin ich wieder – Wo ist eure Mutter?

Treten herein.

WALTER. Da steht sie an der Tür und kann nicht weiter,
So zittert sie vor Schrecken und vor Freude.

TELL. O Hedwig, Hedwig! Mutter meiner Kinder!
Gott hat geholfen – Uns trennt kein Tyrann mehr.

HEDWIG *an seinem Halse.* O Tell! Tell! Welche Angst litt ich um dich!

Mönch wird aufmerksam.

TELL. Vergiß sie jetzt und lebe nur der Freude!
Da bin ich wieder! Das ist meine Hütte!
Ich stehe wieder auf dem Meinigen!

WILHELM. Wo aber hast du deine Armbrust, Vater?
Ich seh sie nicht.

TELL. Du wirst sie nie mehr sehn.
An heilger Stätte ist sie aufbewahrt,
Sie wird hinfort zu keiner Jagd mehr dienen.

HEDWIG. O Tell! Tell!

Tritt zurück, läßt seine Hand los.

TELL. Was erschreckt dich, liebes Weib?

HEDWIG. Wie – wie kommst du mir wieder? – Diese Hand
– Darf ich sie fassen? – Diese Hand – O Gott!

TELL *herzlich und mutig.*
Hat euch verteidigt und das Land gerettet,
Ich darf sie frei hinauf zum Himmel heben.

Mönch macht eine rasche Bewegung, er erblickt ihn.

Wer ist der Bruder hier?

HEDWIG. Ach, ich vergaß ihn!
Sprich du mit ihm, mir graut in seiner Nähe.

MÖNCH *tritt näher.* Seid Ihr der Tell, durch den der Landvogt fiel?

TELL. Der bin ich, ich verberg es keinem Menschen.

MÖNCH. Ihr seid der Tell! Ach, es ist Gottes Hand,
Die unter Euer Dach mich hat geführt.

TELL *mißt ihn mit den Augen.* Ihr seid kein Mönch! Wer seid Ihr?

MÖNCH. Ihr erschlugt
Den Landvogt, der Euch Böses tat – Auch ich
Hab einen Feind erschlagen, der mir Recht
Versagte – Er war Euer Feind wie meiner –
Ich hab das Land von ihm befreit.

TELL *zurückfahrend.* Ihr seid –
Entsetzen! – Kinder! Kinder geht hinein.
Geh, liebes Weib! Geh! Geh! – Unglücklicher,
Ihr wäret –

HEDWIG. Gott, wer ist es?

TELL. Frage nicht!
Fort! Fort! Die Kinder dürfen es nicht hören.
Geh aus dem Hause – Weit hinweg – Du darfst
Nicht unter einem Dach mit diesem wohnen.

HEDWIG. Weh mir, was ist das? Kommt!

Geht mit den Kindern.

TELL *zu dem Mönch.* Ihr seid der Herzog
Von Österreich – Ihr seids! Ihr habt den Kaiser
Erschlagen, Euern Ohm[259] und Herrn.

JOHANNES PARRICIDA. Er war
Der Räuber meines Erbes.

TELL. Euern Ohm
Erschlagen, Euern Kaiser! Und Euch trägt
Die Erde noch! Euch leuchtet noch die Sonne!

PARRICIDA. Tell, hört mich, eh Ihr –

259 Ohm: Onkel

TELL. Von dem Blute triefend
Des Vatermordes und des Kaisermords,
Wagst du zu treten in mein reines Haus,
Du wagsts, dein Antlitz einem guten Menschen
Zu zeigen und das Gastrecht zu begehren?

PARRICIDA. Bei Euch hofft ich Barmherzigkeit zu finden,
Auch Ihr nahmt Rach an Euerm Feind.

TELL. Unglücklicher!
Darfst du der Ehrsucht blutge Schuld vermengen
Mit der gerechten Notwehr eines Vaters?
Hast du der Kinder liebes Haupt verteidigt?
Des Herdes Heiligtum beschützt? das Schrecklichste,
Das Letzte von den Deinen abgewehrt?
– Zum Himmel heb ich meine reinen Hände,
Verfluche dich und deine Tat – Gerächt
Hab ich die heilige Natur, die du
Geschändet – Nichts teil ich mit dir – Gemordet
Hast du, ich hab mein Teuerstes verteidigt.

PARRICIDA. Ihr stoßt mich von Euch, trostlos, in Verzweiflung?

TELL. Mich faßt ein Grausen, da ich mit dir rede.
Fort! Wandle deine fürchterliche Straße,
Laß rein die Hütte, wo die Unschuld wohnt.

PARRICIDA *wendet sich zu gehen.* So kann ich, und so will ich nicht mehr leben!

TELL. Und doch erbarmt mich deiner – Gott des Himmels!
So jung, von solchem adeligen Stamm,
Der Enkel Rudolfs, meines Herrn und Kaisers,
Als Mörder flüchtig, hier an meiner Schwelle,
Des armen Mannes, flehend und verzweifelnd –

Verhüllt sich das Gesicht.

PARRICIDA. O, wenn Ihr weinen könnt, laßt mein Geschick
Euch jammern, es ist fürchterlich – Ich bin
Ein Fürst – ich wars – ich konnte glücklich werden,
Wenn ich der Wünsche Ungeduld bezwang.
Der Neid zernagte mir das Herz – Ich sah
Die Jugend meines Vetters Leopold[260]
Gekrönt mit Ehre und mit Land belohnt,
Und mich, der gleiches Alters mit ihm war,
In sklavischer Unmündigkeit gehalten –

TELL. Unglücklicher, wohl kannte dich dein Ohm,
Da er dir Land und Leute weigerte!

---

260 Ich sah / Die Jugend meines Vetters Leopold (Vers 3207ff.): Herzog Leopold ist der Sohn des Königs. Er war etwa gleichaltrig mit Parricida, war wohlhabend. Im Aargau erwarteten viele Leute seine Herrschaft, weil er nicht so habsüchtig war wie König Albrecht. Parricida spielt darauf an, dass er um sein Erbe betrogen wurde, während sein Verwandter im Überschwang leben könnte.

Du selbst mit rascher, wilder Wahnsinnstat
Rechtfertigst furchtbar seinen weisen Schluß.
– Wo sind die blutgen Helfer deines Mords?

PARRICIDA. Wohin die Rachegeister sie geführt,
Ich sah sie seit der Unglückstat nicht wieder.

TELL. Weißt du, daß dich die Acht[261] verfolgt, daß du
Dem Freund verboten und dem Feind erlaubt[262]?

PARRICIDA. Darum vermeid ich alle offne Straßen,
An keine Hütte wag ich anzupochen –
Der Wüste kehr ich meine Schritte zu,
Mein eignes Schrecknis, irr ich durch die Berge,
Und fahre schaudernd vor mir selbst zurück,
Zeigt mir ein Bach mein unglückselig Bild.
O wenn Ihr Mitleid fühlt und Menschlichkeit –

Fällt vor ihm nieder.

TELL *abgewendet.* Steht auf! Steht auf!

PARRICIDA. Nicht, bis Ihr mir die Hand gereicht zur Hülfe.

TELL. Kann ich Euch helfen? Kanns ein Mensch der Sünde?
Doch stehet auf – Was Ihr auch Gräßliches
Verübt – Ihr seid ein Mensch – Ich bin es auch –
Vom Tell soll keiner ungetröstet scheiden –
Was ich vermag, das will ich tun.

PARRICIDA *aufspringend und seine Hand mit Heftigkeit ergreifend.*
O Tell!
Ihr rettet meine Seele von Verzweiflung.

TELL. Laßt meine Hand los – Ihr müßt fort. Hier könnt
Ihr unentdeckt nicht bleiben, könnt entdeckt
Auf Schutz nicht rechnen – Wo gedenkt Ihr hin?
Wo hofft Ihr Ruh zu finden?

PARRICIDA. Weiß ichs? Ach!

TELL. Hört, was mir Gott ins Herz gibt – Ihr müßt fort
Ins Land Italien, nach Sankt Peters Stadt[263],
Dort werft Ihr Euch dem Papst zu Füßen, beichtet
Ihm Eure Schuld und löset Eure Seele.

PARRICIDA. Wird er mich nicht dem Rächer überliefern?

TELL. Was er Euch tut, das nehmet an von Gott.

PARRICIDA. Wie komm ich in das unbekannte Land?
Ich bin des Wegs nicht kundig, wage nicht
Zu Wanderern die Schritte zu gesellen.

---

261 Acht: auch Reichsacht; vom König (bzw. Kaiser) und den gerichten verhängte Ächtung im Mittelalter

262 Dem Freund verboten und dem Feind erlaubt: ist quasi direkt aus der Quelle Tschudi entnommen

263 Sankt Peters Stadt: Tell schickt ihn in den Vatikan

TELL. Den Weg will ich Euch nennen, merket wohl!
Ihr steigt hinauf[264], dem Strom der Reuß entgegen,
Die wildes Laufes von dem Berge stürzt –

PARRICIDA *erschrickt.* Seh ich die Reuß? Sie floß bei meiner Tat.

TELL. Am Abgrund geht der Weg, und viele Kreuze
Bezeichnen ihn, errichtet zum Gedächtnis
Der Wanderer, die die Lawin begraben.

PARRICIDA. Ich fürchte nicht die Schrecken der Natur,
Wenn ich des Herzens wilde Qualen zähme.

TELL. Vor jedem Kreuze fallet hin und büßet
Mit heißen Reuetränen Eure Schuld –
Und seid Ihr glücklich durch die Schreckensstraße[265],
Sendet der Berg nicht seine Windeswehen,
Auf Euch herab von dem beeisten Joch,
So kommt Ihr auf die Brücke, welche stäubet.
Wenn sie nicht einbricht unter Eurer Schuld,
Wenn Ihr sie glücklich hinter Euch gelassen,
So reißt ein schwarzes Felsentor sich auf,
Kein Tag hats noch erhellt – da geht Ihr durch,
Es führt Euch in ein heitres Tal der Freude –
Doch schnellen Schritts müßt Ihr vorübereilen,
Ihr dürft nicht weilen, wo die Ruhe wohnt.

PARRICIDA. O Rudolf! Rudolf[266]! Königlicher Ahn!
So zieht dein Enkel ein auf deines Reiches Boden!

TELL. So immer steigend, kommt Ihr auf die Höhen
Des Gotthards, wo die ewgen Seen sind,
Die von des Himmels Strömen selbst sich füllen.
Dort nehmt Ihr Abschied von der deutschen Erde,
Und muntern Laufs führt Euch ein andrer Strom
Ins Land Italien hinab, Euch das gelobte –

Man hört den Kuhreihen von vielen Alphörnern[267] geblasen.

Ich höre Stimmen. Fort!

HEDWIG *eilt herein.* Wo bist du, Tell?
Der Vater kommt! Es nahn in frohem Zug
Die Eidgenossen alle –

PARRICIDA *verhüllt sich.* Wehe mir!
Ich darf nicht weilen bei den Glücklichen.

---

264 Ihr steigt hinauf ... (3249ff.): Tell beschreibt den Weg an der Reuß entlang über den Gotthard.

265 Schreckensstraße: die enge Bergschlucht *Schöllenen*, die im Winter durch den Abgang von Lawinen bedroht war

266 Rudolf: Der Großvater von Parricida, Rudolf I. von Habsburg (1218–1291) legte die Grundlagen für die Macht der Habsburger in Österreich.

267 Alphörner: langförmige Blechblasinstrumente, ein Nationalsymbol in der Schweiz

TELL. Geh, liebes Weib. Erfrische diesen Mann,
Belad ihn reich mit Gaben, denn sein Weg
Ist weit, und keine Herberg findet er.
Eile! Sie nahn.

HEDWIG. Wer ist es?

TELL. Forsche nicht!
Und wenn er geht, so wende deine Augen,
Daß sie nicht sehen, welchen Weg er wandelt!

Parricida geht auf den Tell zu mit einer raschen Bewegung, dieser aber bedeutet ihn mit der Hand und geht. Wenn beide zu verschiedenen Seiten abgegangen, verändert sich der Schauplatz, und man sieht in der

Letzte Szene

den ganzen Talgrund vor Tells Wohnung, nebst den Anhöhen, welche ihn einschließen, mit Landleuten besetzt, welche sich zu einem Ganzen gruppieren. Andre kommen über einen hohen Steg, der über den Schächen führt, gezogen. Walter Fürst mit den beiden Knaben, Melchthal und Stauffacher kommen vorwärts, andre drängen nach; wie Tell heraustritt, empfangen ihn alle mit lautem Frohlocken.

ALLE. Es lebe Tell! der Schütz und der Erretter!

Indem sich die vordersten um den Tell drängen und ihn umarmen, erscheinen noch Rudenz und Berta, jener die Landleute, diese die Hedwig umarmend. Die Musik vom Berge begleitet diese stumme Szene. Wenn sie geendigt, tritt Berta in die Mitte des Volks.

BERTA. Landleute! Eidgenossen! Nehmt mich auf
In euern Bund, die erste Glückliche,
Die Schutz gefunden in der Freiheit Land.
In eure tapfre Hand leg ich mein Recht,
Wollt ihr als eure Bürgerin mich schützen?

LANDLEUTE. Das wollen wir mit Gut und Blut.

BERTA. Wohlan!
So reich ich diesem Jüngling meine Rechte,
Die freie Schweizerin dem freien Mann!

RUDENZ. Und frei erklär ich alle meine Knechte.

Indem die Musik von neuem rasch einfällt, fällt der Vorhang.

Kurzbiographie

Friedrich Schiller wurde 1759 in Marbach am Neckar geboren. Sein Vater Johann Caspar Schiller (1723–1796) war Werbeoffizier und Wundarzt, seine Mutter Elisabeth Dorothea (1732–1802) die Tochter eines Marbacher Gastwirts.

1763 siedelte die Familie nach Lorch über, als sein Vater eine Anstellung als Werbeoffizier erhielt. 1766 zog die Familie nach der Versetzung des Vaters nach Ludwigsburg um, wo Schiller die Lateinschule besuchte. Sein Berufswunsch war Theologe – ein Berufswunsch, der von seiner Familie unterstützt wurde, aber unerfüllt blieb. Bereits frühzeitig interessierte Schiller das dramatische Fach. Mit dreizehn verfasste er scheinbar seine ersten Theaterstücke »Absalon« und »Die Christen«, die aber nicht erhalten blieben.

Auf Befehl von Herzog Carl Eugen von Württemberg trat Schiller im Alter von 14 Jahren gegen seinen Willen und den seiner Familie in die Hohe Karlsschule in Stuttgart ein, wo er die Rechtswissenschaften studierte. Die Karlsschule ist eine vom Herzog gegründete militärische Pflanzschule. An der Schule herrschte ein starker Drill mit hartem Reglement, gegen dessen Verstoß empfindliche Strafen ausgesprochen wurden. 1775 wurde die Schule in das *Schloss Solitude* in die Innenstadt Stuttgarts verlegt. Im gleichen Jahr wechselte Schiller das Studienfach, weil der sensible Junge unter den Verhältnissen an der Schule litt und nur mäßige Leistungen aufwies, und begann das Studium der Medizin. An der *Solitude* kommt Schiller auch mit verschiedenen Werken des Sturm und Drangs, insbesondere Goethe, und von Lessing, Rousseau und Shakespeare in Berührung. Auch mit den Gedichten Klopstocks beschäftigte er sich.

Sein Medizinstudium schloss Schiller 1779 mit dem Examen ab und erhielt 1780 nach Verlassen der Militärakademie im Alter von 21 Jahren eine schlecht bezahlte Anstellung als Regimentsarzt. Bereits 1776/77 hatte er mit der Arbeit an »Die Räuber« begonnen, die er heimlich weiterführte, wobei er sich teils krank stellte, um die Arbeit voranzutreiben. 1781 vollendete er das Drama und ließ es noch im selben Jahr anonym auf eigene Kosten drucken, wobei er erste Schulden auf sich nahm. Am 13. Januar 1782 bekam die Öffentlichkeit erstmals Schillers Erstlingswerk im Mannheimer Hoftheater zu sehen, das damals eines der renommiertesten Theater war. Das Stück feierte einen überwältigenden Erfolg und machte Schiller quasi über Nacht bekannt.

Um an der Uraufführung teilzunehmen, entfernte sich Schiller unerlaubt von seinem Regiment. Als sich Schiller im Mai 1782 ein weiteres Mal von seiner Truppe entfernte, ließ Herzog Carl Eugen seinen Untertanen 14 Tage lang ins Gefängnis sperren und untersagte ihm zudem jegliche schriftstellerische Betätigung, insbesondere Komödien »und dergleichen Zeugs«. Nur das Verfassen von medizinischen Schriften wurde ihm noch erlaubt.

Derart seiner Freiheit beraubt, entschloss sich Schiller zur Flucht, die er in der Nacht zum 23. November 1782 gemeinsam mit seinem Freund Andreas Streicher antrat. Somit drohten ihm Festungshaft und Degradierung. Er gelangte über Frankfurt und Mannheim nach Oggersheim, wo er sich incognito in einem Gasthof einmietete. Auf der Flucht begann er mit den Arbeiten an *Kabale und Liebe*, das Schiller zunächst mit *Luise Millerin* betitelte. Seine finanziellen Probleme blieben weiter problematisch. Im Dezember 1782 folgte er der Einladung von Henriette von Wolzogen nach Bauerbach in Thüringen. Die Mutter seines Schulkameraden Wilhelm von Wolzogen bot ihm Asyl. Hier freundete sich Schiller, der aus Vorsicht nun den Namen Dr. Ritter trug, mit dem Bibliothekar Wilhelm Reinwald aus Meiningen an, der ihn auch mit Literatur versorgte. In der Ruhe des abgeschiedenen Ortes vollendete Schiller *Kabale und Liebe* und begann die Arbeiten an *Don Carlos.* Im Juli 1783 kehrte Schiller nach Mannheim zurück, wo ihm im September gleichen Jahres der Theaterintendant Heribert von Dalberg eine Anstellung als Theaterdichter gab, die er bis 1785 behielt. Doch noch 1783 erkrankte Schiller an einer Malaria, die ihn für längere Zeit die Arbeit erschwerte. Vermutlich hat er sich hiervon nie wirklich auskuriert. 1784 wurden seine Stücke *Die Verschwörung des Fiesco zu Genua* sowie *Kabale und Liebe* uraufgeführt. Nach einer Lesung eines Teils aus seinem *Don Carlos* am Hof in Darmstadt, der auch Herzog Carl August von Sachsen- Weimar beiwohnte, verlieh ihm dieser den Titel des Weimarischen Rates.

Als nach Beendigung seines Engagements sein Vertrag am Mannheimer Theater nicht verlängert wird, drohte dem hochverschuldeten Schiller der Schuldenturm. Aus dieser Notlage kam unverhofft Rettung, als ihn Christian Gottfried Körner nach Leipzig einlud und aus der Notlage verhalf. Auf Körners Bitte hin verfasste Schiller in Leipzig-Gohlis die »Ode an die Freude«, die durch die Vertonung Beethovens weltberühmt wurde. Im Herbst 1785 folgte Schiller Körner, mit dem er eine lebenslange innige Freundschaft pflegte, nach Dresden-Loschwitz, wo er bis zum Sommer 1787 blieb. Im Sommer dieses Jahres erschien auch sein *Don Carlos* als Druckschrift. Im August 1787 wurde das Drama erstmals in Hamburg aufgeführt.

Am 21. Juli 1787 reiste Schiller nach Weimar und machte dort die Bekanntschaft von Herder und Wieland. Gemeinsam mit Wilhelm von Wolzogen ritt er im Dezember 1787 nach Rudolstadt und lernte hier Charlotte von Lengefeld und ihre Schwester Caroline von Beulwitz kennen. Schiller fühlte sich sehr zu den beiden Schwestern hingezogen, mit denen er einen innigen Briefwechsel pflegte. Es folgte der sogenannte *Rudolstädter Sommer*. Schiller wohnte zunächst in Volkstedt bei Rudolstadt und schließlich in Rudolstadt selbst, wo er häufig die Lengefeld-Schwestern besuchte und dafür oft seine Arbeit vernachlässigte. Auf die Vermittlung der Familie von Lengefeld hin kam es am 7. September 1788 erstmals zur Begegnung von Schiller und dem von seiner Italienreise zurückgekehrten Goethe. Die beiden Dichter begegnen sich hier aber noch sehr distanziert.

Schillers Bemühungen um geordnete bürgerliche Verhältnisse werden 1789 erfüllt, als er eine Professur an der Universität Jena als Historiker erhält. Die Nachricht von Schillers Professur wurde unter den jungen Studenten mit Begeisterung aufgenommen. Bei seiner Antrittsvorlesung, die unter dem Titel *Was heißt und zu welchem Ende studiert man Universalgeschichte?* bekannt wurde, überforderte die Kapazität des Hörsaals und zwang zum Wechsel in den größten Saal der Stadt. Durch seine Professur konnte sich Schiller aber kaum von der Sorge um seine finanziellen Schwierigkeiten befreien. Im Dezember 1789 warb er schließlich brieflich bei Luise von Lengefeld um die Hand ihrer Tochter Charlotte. Am 22. Februar 1790 heiraten die beiden in einer Kirche in Wenigenjena.

1791 erkrankte Schiller an einer Lungenentzündung schwer. Es kursierte sogar schon das Gerücht von seinem Ableben. Eine jährliche Zuwendung in Höhe von 1000 Talern von Heinrich Graf von Schimmelmann und Herzog Friedrich Christian von Augustenburg verschaffte dem stets kränkelnden Schiller eine solide finanzielle Basis für die kommenden Jahre. 1793 wurde Schillers erster Sohn Karl Friedrich Ludwig geboren.

1792 ernannte die französische Republik den Dichter der *Räuber* zum Ehrenbürger, doch distanzierte er sich bald deutlich von den Ereignissen in Frankreich. Die Ehrenbürgerschaft war ihm eher leidig, auch weil sie ihn verdächtig machte. 1793 verfasst er eine Reihe von philosophischen Briefen, die er 1795 umgearbeitet und erweitert als die Briefe *Über die ästhetische Erziehung des Menschen* in seiner Zeitschrift *Die Horen* veröffentlichte. Hierin setzte er sich mit einer zentralen Frage der Aufklärung auseinander, wie der Mensch das Ideal der Freiheit erreichen kann. Entgegen der aufklärerischen Vorstellung, dass dieses Ideals durch reine Vernunft zu erreichen wäre, entwirft Schiller in seinen Briefen die Idee von einer Balance zwischen Verstand und Gefühl. Die Kunst sieht er hierfür als geeignetes Mittel an. Ihr weist er die Aufgabe, den Menschen ästhetisch zu bilden. Sie öffnet den Weg zur Selbstbestimmung und zur produktiven Nutzung der Freiheit. Die Schrift hatte großen Einfluss auf die nachfolgenden Generationen auf verschiedenen Wissenschaftsgebieten wie der Philosophie, der politische Theorie, der Soziologie und der pädagogische Anthropologie, die auch die heutigen Wissenschaften noch beschäftigt. Für Schillers folgende Schaffensperiode bildete diese philosophische Auseinandersezung eine wichtige Grundlage.

Als Schiller am 13. Juni 1794 brieflich Goethe darum bat, sich an seiner Zeitschrift *Die Horen* zu beteiligen, war dies der Beginn einer lebenslangen, tiefen Freundschaft, die von literarischem Wettstreit, gemeinsamer Produktion, gegenseitiger Kritik und Ermunterung und großer Wertschätzung geprägt war. Das Datum wird häufig mit dem Beginn der *Weimarer Klassik* gleichgesetzt, in der das Streben nach einem harmonischen Ausgleich zwischen Verstand und Gefühl zur poetischen Auseinandersetzung wurde. Die beiden Dichter – und mit ihnen auch Wieland und Herder – lehnten sie sich an das Kunstideal der Antike an. Auf der Suche nach Vollkommenheit, Harmonie, Menschlichkeit und Toleranz entstanden wichtige Werke der deutschen Literatur.

Durch die Veröffentlichung ihrer *Xenien*, die 1796 in Schillers *Musenalmanach auf das Jahr 1797* erschienen, sorgten Goethe und Schiller für einen Aufruhr im gesamten deutschen Literaturbetrieb, dessen Missstände sie mit ihren Gedichten verspotteten. Im Jahr darauf wendeten sich beide dem lyrischen Fach zu. Quasi im Wettstreit entstehen im sogenannten *Balladenjahr 1797*[268] einige der schönsten deutschen Balladen wie Goethes *Zauberlehrling* oder *Der Gott die Bajadere* und Schillers *Der Taucher, Der Handschuh, Der Ring des Polykrates* und andere Balladen.

1796 verstarben sowohl Schillers Schwester Nanette als auch sein Vater. Sein zweiter Sohn Ernst Friedrich Wilhelm wurde geboren. 1799 vollendete er seine *Wallenstein*-Trilogie und siedelte im Dezember nach Weimar über. Das *Lied von der Glocke* entstand ebenfalls in diesem Jahr. In den folgenden Jahren entstanden Schillers übrige klassische Dramen. Mit dem lyrischen Fach hatte er sich nur noch selten auseinandergesetzt.

Am 16. November 1802 verlieh ihm der Weimarer Herzog das Adelsdiplom. Fortan durfte er sich Friedrich von Schiller nennen, worauf er aber wenig Wert legte. Im selben Jahr verstarb seine Mutter. Nachdem er 1804 seinen *Wilhelm Tell* zur Uraufführung brachte, begann er mit den Arbeiten an seinem Drama *Demetrius*, das er nicht mehr vollendete.

Krankheit warf ihn immer wieder zurück und hielt ihn von der Arbeit ab. Als er im Februar 1805 erneut schwer erkrankte, konnte er sich hiervon nicht mehr erholen. Am 1. Mai traf er zum letzten Mal auf dem Weg ins Theater mit Goethe zusammen. Am 9. Mai starb Friedrich Schiller in Weimar an einer akuten Lungenentzündung.

268 Sie erschienen im *Musenalmanach auf das Jahr 1798*.

Werke Schillers (Übersicht)

Dramen

- Die Räuber (1781)
- Die Verschwörung des Fiesco zu Genua (1783)
- Kabale und Liebe (1784)
- Don Carlos (1787/88)
- Wallenstein (Trilogie: Wallensteins Lager, Die Piccolomini, Wallensteins Tod, 1799)
- Maria Stuart (1800)
- Die Jungfrau von Orléans (1801)
- Die Braut von Messina (1803)
- Wilhelm Tell (1803/04)

Prosa

- Der Verbrecher aus verlorener Ehre (1786)
- Der Geisterseher (Fragment, 1787)
- Spiel des Schicksals (1789)

Lyrik

- An die Freude (1786)
- Resignation (1786)
- Die Götter Griechenlandes (erste Fassung 1788, zweite Fassung 1800)
- Hektors Abschied (1790)
- Das verschleierte Bild zu Sais (1795)
- Der Spaziergang (1795)
- Die Teilung der Erde (1795)
- Der Taucher (1797)
- Die Kraniche des Ibykus (1797)
- Der Handschuh (1797)
- Der Gang nach dem Eisenhammer (1797)
- Der Ring des Polykrates (1797)
- Der Kampf mit dem Drachen (1798)
- Die Bürgschaft (1798)
- Das Lied von der Glocke (1799)
- Nänie (1800)

- Der Antritt des neuen Jahrhunderts (1800)
- Das Siegesfest (1803)

Philosophisch-ästhetische Schriften

- Über das gegenwärtige deutsche Theater (1782)
- Die Schaubühne als eine moralische Anstalt betrachtet (1784)
- Philosophische Briefe (1786)
- Über den Grund des Vergnügens an tragischen Gegenständen (1792)
- Über die tragische Kunst (1792)
- Über Anmut und Würde (1793)
- Über die ästhetische Erziehung des Menschen (1795)
- Über naive und sentimentalische Dichtung (1795)
- Über das Erhabene (1801)

Historische Werke

- Geschichte des Abfalls der Vereinigten Niederlande von der spanischen Regierung (1788)
- Was heißt und zu welchem Ende studiert man Universalgeschichte? (1789)
- Geschichte des dreißigjährigen Krieges (1790)

Übersetzungen

- Iphigenie in Aulis (von Euripides, 1788)
- Macbeth (von William Shakespeare,1800)
- Turandot (von Carlo Gozzi, 1801)
- Der Neffe als Onkel (von Louis-Benoît Picard, 1803)
- Der Parasit (von Louis-Benoît Picard, 1803)
- Phèdre (von Jean Racine , 1805)

Zeitschriften

- Wirtembergisches Repertorium (1782—1783)
- Thalia (ab 1784)
- Die Horen (1795—1797)
- Musenalmanach (1796—1800)

Schillers Quellen

In unseren Erläuterungstexten geben wir Hinweise auf die von Schiller verwendeten Quellen. Soweit bekannt lagen Friedrich Schiller die folgenden Quellen für sein Bühnenwerk vor:

Tschudi, Aegidius: Chronicon Helveticum, hg. von J.R. Iselin, 1434–1736

Müller, Johannes von: Der Geschichten Schweizerischer Eidgenossenschaft erster (–fünfter) Theil, 1780–1788

Scheuchzer, Johann Jacob: Natur-Geschichte des Schweizerlandes samt seinen Reisen über die Schweizerische Gebürge. Aufs neue herausgegeben und mit einigen Anmerkungen versehen von J.G. Sulzer, 1746

Faesi, Johann Conrad: Staats und Erd Beschreibung der ganzen Helvetischen Eidgenossenschaft, derselben gemeinen Herrschaft und zugewandten Orten, 1765–1768

Ebel, Johann Gottfried: Schilderung der Gebirgsvölker der Schweitz, 1798–1802

Etterlin, Peterman: Kronica von der loblichen Eydgenossenschaft Ir harkomen und sust seltzam strittenn und geschichten, Basel, 1507 (2. Auflage, 1752)

Meiners, Christoph: Briefe über die Schweiz, 1784–1790

Shakespeake, William: Julius Cäsar, in der Übersetzung von A.W. Schlegel, 1797

Literatur

Düntzer, Heinrich: Schillers Wilhelm Tell erläutert. Ed Wartigs Verlag, Leipzig, 1892

Grassi, Ernesto (Hrsg.): Wilhelm Tell. Schauspiel, Quellen, Dokumente, Rezensionen. Rowohlt, 1967

Grimm, Jacob und Wilhelm u.a. (Hrsg.): Deutsches Wörterbuch. 33 Bde. Online-Wörterbuch vom Kompetenzzentrum für elektronische Erschließungs- und Publikationsverfahren in den Geisteswissenschaften der Universität Trier. http://dwb.uni-trier.de/de/

Meyer, Joachim: Schillers Wilhelm Tell auf seine Quellen zurückgeführt. Friedrich Heerdegen'sches Antiquariat, Nürnberg, 1876

Müller, Johannes von: Der Geschichten Schweizerischer Eidgenossenschaft erster (–fünfter) Theil, 1780–1788

Leitzmann, Albert (Hrsg.): Die Quellen von Schillers Wilhelm Tell. A. Marcus und E. Weber's Verlag, Bonn, 1912

Rudolph, Ludwig: Schiller-Lexikon. Erläuterndes Wörterbuch zu Schillers Dichtwerken. 2 Bände, Berlin, 1869.

Schiller, Friedrich: Sämtliche Werke, Auf Grund der Originaldrucke herausgegeben von Gerhard Fricke und Herbert G. Göpfert in Verbindung mit Herbert Stubenrauch, Bd. 1–5, 3. Auflage, München: Hanser, 1962

Tschudi, Aegidius: Cronicon Helveticon, hg. von J.R. Iselin. Basel, 1734–1736

Wander, Karl Friedrich Wilhelm (Hrsg.): Deutsches Sprichwörter-Lexikon. Ein Hausschatz für das deutsche Volk. Bände 1–5, Leipzig, 1867.

Printed in Poland
by Amazon Fulfillment
Poland Sp. z o.o., Wrocław

86904251R00069